KB271393

최울가는 울보가 아니다

최울가는 울보가 아니다

최울가는 울보가 아니다

김윤배 산문집

작가

■ 책 머리에

　시의 공간과 산문의 공간을 생각한다.

　시의 공간이 안개와 물과 달빛과 어둠의 공간이라면 산문의 공간은 숲과 길과 햇빛과 밝음의 공간이다. 그런데 내 시 속에는 안개와 물과 달빛과 어둠이 있을 뿐 아니라 숲과 길과 햇빛과 밝은 공간이 함께 있다. 시 속에서 이미 나는 산문과 내통하고 있으며 시 속에서 산문을 꿈꾸고 있는 것이다. 그러므로 내 산문은 시를 배경으로 생성되고 소멸된다. 시로 다 쓰지 못한 것이 산문으로 생성되는 것이 아니라 시가 그 스스로의 욕망을 주체하지 못할 때, 그리하여 욕망의 무게를 견디지 못할 때 산문은 태어나는 것이다. 내 산문이 시와 한 몸을 이루면서 자웅동체의 모습을 띠는 것은 이와 같은 사연이 있기 때문이다.

　나는 아직 산문을 위한 산문을 써보지 못했다. 이 말은 산문다운 산문을 써보지 못했다는 말이 되기도 할 것이다. 내 산문은 언제나 시와 함께 꿈꾸고 시와 함께 길을 간다. 대개는 시가 산문을 거느리지만 산문이 시를 거느리기도 한다. 이번의 산문집 『최울가는 울보가 아니다』는 2000년에 출간한 『시인들의 풍경』 이후에 쓰여진 글들을 모은 것이지만 그 이전의 글들도 몇 편 있다. 남사당 패였던 「바우덕이」에 관한 글들이 여기에 속하는데 「바우덕이」는 시공을 초월해서 내게 한 슬픔과 연민으로 남아 있다. 개화기의 신여성이었던 나혜석에 대한 문학적 접근은 그녀에 대한 나의 사랑을 고백한 글이다. 같은 시기에 활동했던 노작 홍사용의 시세계는 순수 서정의 아름다움 때문에 돌모루를 찾게 했던 기억이 새롭다.

내 글에 생명을 불어넣어주었던 최울가 화백, 권용택 화백, 김래환 조각가께는 더 좋은 글로 보답할 생각이지만 비의에 찬 시세계를 무뢰하게 넘나들었던 최하림 시인, 김명인 시인, 조창환 시인, 조석구 시인, 신현림 시인, 윤의섭 시인에게는 무슨 말로 용서를 빌어야 좋을는지. 그리고 지금은 설악산 어디쯤 누워 계실 이성선 시인에게는 용서를 구할 이승의 공간조차 없어 안타깝다.

내 산문의 이미지를 좇아 이곳저곳을 뛰어다니며 글 속에 나오는 풍광을 카메라 렌즈에 담아준 김지만 선생님께 감사하고 도서출판 〈작가〉의 손정순 사장님께는 오랜 웃음으로 고마움을 전하고 싶다.

2004년 새해를 맞으며
용인 서천 우거에서 김 윤 배

1부

청룡사를 오른다.
여름 청룡사는 녹음 속에 무거운 침묵으로 자리잡고 있을 것이다.
지열이 훅 끼쳐오른다. 이제 막 서운벌을 지났으니 청룡사는 멀다.
서운산 연꽃봉오리는 연보랏빛을 띠고 아득한데
차츰 가까워지자 아래 능선으로 내려오며 녹색으로 변한다.

안성 청룡사와 사당패의 노래

청룡사는 멀다

청룡사를 오른다. 여름 청룡사는 녹음 속에 무거운 침묵으로 자리잡고 있을 것이다. 지열이 훅 끼쳐오른다. 이제 막 서운벌을 지났으니 청룡사는 멀다. 서운산 연꽃봉오리는 연보랏빛을 띠고 아득한데 차츰 가까워지자 아래 능선으로 내려오며 녹색으로 변한다. 작은 산골학교인 산평초등학교를 지나면서 서운산은 어느새 내 눈앞에 내려와 있다. 산색이 무겁다. 산색이 무거운 걸 보니 서운산은 이제 여름을 내려놓고 싶은가 보다. 여름내 홀로 깊었던 서운산 골짜기의 물소리가 들리는 듯싶다.

　　팔월도 중순을 넘으며 아침 저녁으로 바람맛이 다르더니 산들이 무거운 몸으로 가라앉고 있는 걸 몰랐다. 연둣빛에서 연록색으로 다시 초록에서 진초록으로 산색을 바꾸던 서운산이 마침내 암록색으로 가라앉으며 무거운 침묵에 들기 시작한 것이다. 청룡사 오르는 길은 뜨겁고 팍팍하다. 이 길의 고갯마루를 엽전재라 불렀다. 팔도의 한량들이 넘나들던 고갯마루이며 삼남의 물화들이 모여들던 고갯마루이다. 엽전재를 넘으면 "살아 진천"이라는 천혜의 땅이다. 이 길을 하염없이 가던 사당패가 있었다.

모가비 앞세우고 길 떠나네
팔도 한량 바람 재우려 떠나네
해우채 풀어 마련한
안동 세마포 여름 입성 단벌

기둥서방 호사 시켜 길 떠나네

사당 법고 바람에 울면 따라 울던

피멍울 새파란 사당 가슴

이름 모를 고을 떠돌다

정분 튼 남정네 넓은 품에

흐벅지던 달빛

갈대밭에 묻고 길 떠나네

— 졸시 「사당패의 노래」 전문

사당들의 정분

아직도 청룡사는 멀다. 길은 서운산자락을 따라 휘돌기도
하고 구부러지기도 한다. 이 길이 사당패들이 하염없이 걷던
길이다. 조선팔도 떠돌며 기예 팔고 웃음 팔고 몸 팔던 떠돌이
예인집단 사당패는 여색집단으로 남사당패와 함께 안성 청룡
사를 본거지로 활동했다. 사당패는 두목인 모가비 아래 예인들
인 사당이 있고 사당을 돌보는 거사가 있었다. 어디서 길군악
이 터지고 사당패의 영기가 나타날 것 같다. 아니다. 저 앞에
한무리의 사당패가 행중을 끝내고 청룡사를 오르고 있다. 환청
이고 환시이다. 나는 거사가 되어 사당들을 뒤따른다. 사당들
은 삼색띠를 어깨에 두르고 엉덩이를 흔들며 앞서 걷는다. 모

두들 소고나 꽹과리, 북이나 장구를 들거나 메고 있다. 그 뒤를 나이 어린 애사당이 따르고 그 뒤가 거사들이다. 거사들은 무거운 소품들을 잔뜩 짊어지고 있다. 빈 몸으로 걷는 거사는 몸이 늙어 근력이 부친 저승패들이다. 젊은 사당들은 무리 지어 걸으며 선소리 한마당을 펼치기도 하고 웃음꽃을 피우기도 한다. 어느새 산그늘이 허리를 감는다. 여름 해가 설핏하다. 젊은 사당들은 자지러지는 웃음을 산그늘로 부러뜨리며 풀썩 주저앉는다. 몇몇은 미투리를 고쳐 신기도 하고 몇몇은 앉은반으로 사물을 치기도 하고 몇몇은 땀 흐른 얼굴을 매만지기도 한다. 애사당 하나가 젊은 사당 가슴에 불쑥 손을 집어넣어 유방을 만진다. 젊은 사당은 비명을 지르며 나뒹굴고 애사당은 달아난다. 산그늘이 툭 소리를 내며 무리들 허리에 떨어진다.

사당들이 다시 걸음을 옮긴다. 해가 기울었다. 부지런히 걸어야 불당골에 이르러 늦은 저녁이나마 먹을 수 있을 것이다. 불당골은 청룡사를 오르다 오른쪽으로 이어진 계곡이다. 사당패의 불당골 칩거란 시리고 가난한 겨울나기이다. 방방곡곡 곰뱅이를 트고 판 벌여 풍물가락 흐드러지게 치고 나서 애사당 꽃무동 태우고 나면 젊은 사당들 간드러진 선소리판 흥겹고 버나돌려 가난한 백성들 정신 혼미할 때쯤이면 아리따운 사당들 입으로 건네는 엽전을 앵두 같은 입술로 받아내며 교태를 부린다.

이처럼 흥겨운 사당놀이가 점입가경으로 들 때쯤이면 개복

청은 사당들 미색에 정신이 나간 사내들로 북적이게 마련이다. 노총각이나 홀애비, 난봉난 양반이나 파락호들이 찜해 둔 사당을 흥정한다. 어렵사리 해우채를 치르고 나서 연희 끝내고 개복청으로 들어오는 사당 덥석 안고 어둠 속으로 사라지는 사내들의 눈빛이 짐승처럼 빛나는 것이다. 사당들에게 종이꽃을 들려보내지 못한 거사들은 안절부절인데 종이꽃은 사당이 사내들에게 업혀가며 꽃술을 하나씩 따서 떨어뜨려 이튿날 거사들이 사당을 쉽게 찾아올 수 있는 길라잡이가 되는 것인데 미처 사당에게 종이꽃을 건네지 못한 거사는 온 동네를 헤매야 제 계집을 찾을 수 있다는 것이었다.

밤새 사내들에게 시달린 사당은 늦잠이 들게 마련이고 행중을 떠나야 하는 일행은 거사를 시켜서 꽃술을 따라 사당이 잠든 곳을 찾아냈던 것이다. 사내들은 상여집이나 물레방앗간, 또는 헛간이나 머슴방에 사당을 뉘었다. 사내들은 살을 파고드는 데 거칠었으며 밤새 입에서 단내를 풍기며 사당을 잠들지 못하게 했다. 그렇게 거친 사내들 속에서 정이 가는 남정네를 만나게 되는 것 또한 사당의 운명이어서 짧은 인연으로 정분을 트며 안타까운 밤을 지새우는 것이다.

그렇게 세상을 떠돌다 겨울이면 찾아드는 곳이 안성 서운산 불당골이었다. 연희가 불가능한 겨울철이면 이곳으로 찾아들어 소리를 다듬고 춤사위를 익히며 신산한 계절을 보내는 것이다. 언제나 봄은 더디 오고 정분튼 남정네 그리움은 진해져서 한 몸살 앓는 사당들은 새벽녘이 되어서야 들기름 종지의 불을 끄는 일이 잦았다.

사람을 거부하는 길

여름 서운산은 무겁고 계곡은 깊어 바람소리 산새소리 들리지 않는다. 이제 청룡사 오르는 초입의 청룡호에 이른다. 청룡호는 차령산맥 가득 담아 온통 푸르름의 물빛이다. 호수 깊이 거꾸로 서 있는 잣나무숲이 희고 순결한 모습을 보인다. 흰구름이 호수 속의 산맥을 타고 넘는다. 바람도 호수 속의 차령산맥을 넘는지 미세한 물결이 인다.

나는 걸음을 서두른다. 해가 서산마루에 걸려 있다. 서두르지 않으면 돌아가는 길이 저물 것이다. 청룡호를 지나면 이어서 청룡말이 나타난다. 전주 이씨의 집성촌인 청룡말은 양반마을이어서 사당패가 지나갈 수 없던 금단의 땅이었다. 천민 중의 천민이었던 사당패는 길에서 태를 가르고 길에서 정분을 트고 길에서 병을 얻고 길에서 죽음을 맞지만 사당들이 갈수 없는 길이 있었다. 그 길이 청룡말로 드는 이 길이었다. 양반의 길이었다. 그러므로 사당들은 청룡호를 오르기 훨씬 전에 서운산 기슭을 타고 넘는 험로를 내어 안성을 드나들었다. 길이란 묘한 것이어서 어떤 길은 길이 사람을 거부하기도 하고 사람이 길을 거부하기도 하며 때로는 길이 길을 거부하기도 한다.

절집의 고요로움 또는 길의 하염없음

이제 가까스로 청룡사가 보인다. 퇴락한 절이지만 퇴락하여 더욱 고즈넉한 절이다. 나는 성큼 산문을 들어선다. 고요하게 고여 있던 시간들이 잘게 흔들린다. 절마당은 적막 그대로이다. 고추잠자리가 무료하게 절마당을 날고 있다. 나는 조심스럽게 대웅전 계단을 오른다. 구불텅한 기둥이 인상적이다. 자유분방한 절집이다. 고려 때의 건축 양식을 지니고 있는 청룡사는 기둥이며 대들보가 구불텅하게 휘어 있어 호방한 느낌을 준다.

계단에서 절마당을 내려다본다. 행중을 떠나는 사당들의 왁자한 소리가 들리는 듯하다. 그러나 절마당은 고요하고 산그림자가 구불텅한 기둥에 걸려 있다. 이제는 청룡사를 내릴 시간이다. 아니다. 사당패를 떠나보낼 시간이다.

그 무렵 나는 이 땅을 아프게 살다간 떠돌이 예인들의 삶을 천착하며 가슴 미어지고 있었다. 사당패를 만난 것은 안성에서 젊은 날 교편을 잡을 수 있었던 행운 때문이었다. 떠돌이 예인 집단으로는 사당패 말고도 남사당패와 대광대패, 초라니패와

굿중패, 오왕대패와 솟대장이패 등이 있었다. 그들의 부박한 삶 속에는 오늘을 사는 우리들의 뿌리 깊지 못한 삶을 정처없음이 함께 하는 것이다. 나는 하염없는 길을 밟아 서운산을 내린다.

「사당패의 노래」는 그후 안성의 바우덕이라는 빼어난 줄타기의 예인을 만나는 계기가 되어 〈바우덕이〉라는 장시를 쓰게 된다. 바우덕이는 1900년대에 안성 남사당패를 이끌던 여사당이었다. 그녀의 일생은 기구하여 젊은 나이에 창병으로 죽었지만 청룡사 오르는 길목에 그녀의 묘소가 전해지고 있다. 삶이란 뜬구름이어서 정처없고 하염없는 길이다.

수도원 가는 길의 독약 같은 그리움

유타대학엔가 교환교수로 가 있는 조창환 시인이 월간 『현대시학』에 〈수도원 가는 길〉을 연재하기 시작했을 때 나는 내심으로 여간 반갑지 않았다. 떠날 때 아쉽게 헤어지며 어떻게 1년을 견딜 거냐고 서로의 손을 쉬이 놓지 못했던 것이다.

그렇게 헤어진 그가 이국의 생활을 시로 승화하고 있었던 것이다. 미국에 가 있는 동안 우리들은 이메일을 보내 서로의 안부를 물었으며 작업내용을 알렸다. 나는 조창환 시인의 연재시를 그를 보듯이 찬찬히 그리고 깊이 읽어나갔다.

1. 수도원은 어디에 있는가

조창환 시인은 수도사 같은 경건한 삶을 살아왔다. 그는 늘 회복기의 환자 같아서 살아 있는 것이 환희롭고 감사하다. 그의 삶이 더욱 경건해 진 것은 죽음에 값하는 수술의 경험과 무관하지 않을 것이다. 그가 이제 수도원을 향해서 길고 긴 여정을 시작했다. 늘 물 속처럼 조용하고 외경스러운 수도원은 그의 마음 속에 있다. 그러므로 그의 수도원 가는 길은 마음의 길이며 시작과 끝이 맞물려 있는 길이다. 그 길은 마치 목어가 자신의 입으로 자신의 꼬리를 물고 있는 뫼비우스의 띠와 같은 영원히 닿을 수 없는 길이다. 그 길을 조창환 시인이 간다. 가고 있다. 그 길은 지독한 그리움의 길이며 바람의 길이며 회한의 길이다. 조창환 시인은 그 길을 가며 허망한 생의 무너짐을 경험하기도 하고 시뻘건 달을 보기도 한다.

… 다만 흰 뼈 같은 시간의 벼랑 끝으로 외로운 결의를 지
닌 쓸쓸한 얼굴 하나 자맥질하는 것이 보인다 그 숨소리 속에
잠긴 수도원에선 삼종기도 소리도 들리지 않는다 지구의 반
대편에 있는 다른 수도원을 향해 속으로, 처연하게, 출렁이
는, 거칠거칠한, 파도소리만 울릴 뿐이다

오래 길든 당나귀 같은 숨소리 잠시 쉬게 하고 쓸쓸하지만
자유로운 수도원 정원을 거닐 때 이 아슬아슬한 폐허에 스치는
바람 껴안고 비스듬이 기울어지는 다른 숨소리 하나 만난다

—「수도원」 부분

조창환 시인의 기도원은 적막과 고요가 가득 찬 고즈넉한
공간이다. 그 공간은 모든 것이 멈추어 선 곳이어서 풍화의 공
간이며 동시에 생성의 공간이다. 시간은 오랜 풍화를 견디면서
흰 뼈 같은 모습의 벼랑을 이루고 있다. 이 풍경은 바로 시인의
내면의 풍경이다. 시인의 시간의 벼랑 끝으로 보이는 외로운
결의를 지닌 쓸쓸한 얼굴은 그리스도로도 읽히고 시인의 모습
으로도 읽힌다. 그러나 풍화를 견딘 시간의 흰 뼈의 벼랑 끝을
자맥질하는 숨찬 모습은 인간적이어서 아무래도 시인의 모습
일 것이다. 아니다. 그리스도에 투사된 시인의 모습이다. 그의
거친 숨소리는 처연하고, 거칠게 출렁이는 바다여서 고국에 두
고 온 수도원, 아니 그의 경건하고 친숙한 삶에 닿을 것 같다.

경건하고 친숙한 것들, 그 삶의 풍화 때문에 그가 남모르게 울고 있는 것이다. 그의 내면의 풍경, 아니 그의 마음의 폐허에 스치는 바람을 껴안고 울고 있는 것이다. 마침내 비스듬히 기울어지는 자신의 모습을 보며 울고 있는 것이다. 조창환 시인이 지금 여기 오하이오에서 앓고 있는 것은 향수병은 아닐 것이다. 좀 더 근원적인 삶에 대한 그리움을 앓고 있는 것이리라. 그의 〈그리움〉은 이번 시편에서 중요한 키워드이다.

2. 독약 같은 그리움으로 견디는 것은

조창환 시인은 너무 오래 경건하고 친숙한 것들, 예컨대 연구실에서 내다보이는 산자락의 푸르름을, 지인들의 웃음소리와 제자들의 술잔을, 아파트 거실을 울리는 바흐의 무반주 첼로 조곡의 느리고 둔중한 울림을, 한증막에서 바르던 소금의 쓰라림을, 찬 비 그친 봄날 아침 흐윽 숨막혀 보던 산수유꽃망울들을 그리워하고 있다. 그의 그리움은 꽉 조인 청바지처럼 빳빳하기도 하고 아들과 함께 갈기는 오줌발에 묻어나기도 하며 붉게 늙어가는 달이기도 하고 무명의 캄캄한 살 속에 들이붓는 독약이기도 하다.

시뻘건 달이 한 아름 넘는

지평선 앞에 마주 서서

평원을 가로지르는 고속도로를

트럭들이 폭포처럼 쏟아져 달려가는

저녁무렵, 동녘 하늘 바라보며

소스라친다

이곳이 내가 꿈꾸던 땅인가

눈 홉뜬 나무들 늘어선 길 끝에

그리움, 꽉 조인 청바지처럼 뻣뻣하다

왈칵 고꾸라지는, 총 맞은 병사 같은

붉은 밤 속으로

고개를 깊이 꺾으며

무너진다

—「붉은 밤」 전문

무엇이 시인을 붉은 밤 속으로 고개를 깊이 꺾으며 무너지게 하는가, 평원에 걸려 있는 시뻘건 달인가, 아니다. 시인을 무너뜨린 것은 그리움이다. 그러나 여기에서의 그리움은 막연하다. 막연하지만 그리움은 시인을 버티게 하는 힘이다. 시인이 무너지는 것은 닿을 수 없는 그리움의 증폭 때문이다. 경건하나 친숙한 고국은 멀고 그리움은 그의 서정을 뜨겁게 발기시키지만 이내 무너지며 더욱 진한 그리움을 밀게 한다. 그리움은 붉은 밤이며 붉은 달이다. 붉은 밤이나 붉은 달의 터질듯한 충혈, 그렇다. 붉게 충혈 되어 있는 것들은 회임을 기다리는 태반이다. 그리움은 시인에게 무엇을 회임시킬 것인가. 그것이 시라고도 삶이라고도 말할 수 없다. 답은 그렇게 간단할 것 같지 않다. 이 충혈의 비의가 조창환 시인의 그리움이다. 적막한 백색의 공간을 그어 핏금의 생명을 불러들이는 제의, 그것이 조창환 시인의 독약 같은 그리움이다.

> 먹을수록 허기지는 수정 구슬 속의
> 순금의 탄식이다 번개 자국이다
> 시퍼런 면도날 하나로 저 무명의 캄캄한 살 속에
> 썩둑 그어버린 들이붓는
> 모닥불이다
> 독약 같은
> 수정 구슬 속의 그리움
> 번개 자국이다
>
> —「독약 같은」 전문

나는 나의 이 글이 조창환 시인의 시세계를 잘못 짚어나갔을 수도 있다는데 동의한다. 시란 원래 그런 것이다. 의도된 시와 표현된 시가 다르듯이 이해된 시 또한 다른 것이어서 나는

나의 경험을 바탕으로 그의 시를 학습했으며 이 학습은 기대지
평을 여는데 실패 할 수도 있는 것이다. 내가 잘못 짚은 부분은
앞으로 새로운 지평 변동을 통해 보완해 나갈 작정이다. 아니
조창환 시인이 귀국하면 먼저 용서를 구해야겠다.

김래환, 하회탈을 깎다

 삼월이라지만 꽃샘추위가 여간 아니다. 차창 밖으로 어둠이 조용히 내리고 오는 봄을 시샘하듯 눈발이 희끗거린다. 나는 약속 시간보다 훨씬 늦게 김래환의 작업실이 있는 신갈에 닿는다.

"선생님예, 지가 조각전을 열라카는 데에 선생님이 좀 써 주셔야 안되겠심니까. 하하핫."

투박스러우나 정겨운 그의 목소리가 전화선을 타고 귓전을 때렸을 때 나는 우선 반갑고 대견스러웠다. 묵묵히 일구어온 그의 칼끝을 아는 나는 선뜻 그의 청을 받아들였다. 무엇을 쓰라는 건지 물어볼 필요도 없는 것이었다. 김래환과 나는 10년 지기, 나는 그가 사모관대를 썼던 날을 기억한다. 꽃다운 신부

를 맞아 왼종일 허허대던 그가 그렇게 사람 좋아 보일 수가 없었다. 내가 조각가로서의 김래환을 알고 나서 3년 후의 일이었으니 그도 벌써 결혼생활 7년째 접어든다.

첫 전시회 이후 10년의 세월을 보내고 이제 두번째 전시회를 갖게 되는 김래환, 나는 설레임을 감추지 못한다. 그가 추구해온 작품세계는 어떤 것인가. 생의 에너지가 가장 충일했던 지난 10년 어떤 예술세계의 현현을 위해 정열을 불태웠는가.

"좀 늦었어."

"억수 기다리다 우리는 저녁 안 먹었능교. 저녁 식사 전이지예?"

마중 나온 그가 내 손을 덥석 잡는다. 완강한 힘이 느껴진다. 나는 이 손이구나 하는 생각을 갖는다. 그가 내 손을 잡는 순간 전률처럼 느껴지는 힘이 바짝 마른 원목에 생명을 불어넣는 주술적 영감의 원형일 것이다.

한양 아파트 15층, 신갈의 야경이 한 눈에 내려다 보이는 전망 좋은 집이 그의 주거지이자 작업실. 아파트 문을 열자 그의 일곱살 짜리 아들 명진이와 세살짜리 딸 다래가 귀엽게 인사를 한다. 아이들 뒤에 그의 부인이 수줍게 서 있다. 그는 두 아이를 양팔에 안아 번쩍 들어올린다.

가족에 대한 그의 사랑은 남다르다. 불우했던 유년이 그를 남다른 가족주의자로 만들었는지도 모른다. 그는 가끔 유년의 김천을 말하지만 김천은 아름다운 유년으로 남아 있지 않다. 김천은 상처 받은 유년의 아픈 기억으로 그를 쓸쓸하게 한다.

나는 거실의 유리문을 열고 경부고속도로를 흐르는 아름다운 불빛을 본다. 돌아갈 목적지가 있다는 것은 얼마나 축복 받은 일인가. 저 수많은 불빛 하나하나가 따스한 가족을 향해 돌아가고 있는 것이리라. 가족들은 고속도로 위를 흐르는 불빛보다 더 따스한 등불을 밝히고 그들의 가장을 기다리고 있을 것이다. 결국 김래환의 조각이 꿈꾸고 있는 아름다운 세계의 끝에는 저 무수한 불빛들이 따스한 가족애의 등불을 밝히고 있을 것이다.

"선생님 작업실로 드시지예."

그가 나의 생각을 흔들어 깨우며 작업실로 안내한다. 두어 평 남짓한 공간을 꽉 채우고 있는 조각들이 나를 압도한다. 나는 '아' 하는 탄성을 지른다.

"부끄럽습니다."

"쉿. 조용히."

나는 그의 말을 막는다. 나는 그의 조각들이 불타오르고 있는 모습을 뚫어져라 응시한다. 그의 조각들은 생명의 불꽃을 활활 태우며 하늘로 솟구치고 있는 것이다. 이 느낌은 그의 작품세계로 들어가는 입구가 될 것이라는 예감을 하며 나는 작품 하나하나로 눈길을 옮긴다.

그의 작품을 나는 생명감과 치열한 상승의 이미지로 받아들인다. 모든 작품은 생명력을 꿈틀대며 수직상승의 몸짓을 하고 있다. 그런 이미지의 각기 다른 작품들이 한데 모여 타오르는 불꽃의 이미지로 변환되고 있다.

거의 모든 작품이 대칭을 이루고 있다. 음양의 우주적 조화를 상징하는 것이리라. 질박한 칼놀림이 잘 드러나는 텃치가 돋보이고 원형 또는 곡선의 움직임을 따라 작가의 의식이 일정한 운동성을 가지고 진행되어 간 모습이 드러난다. 원형의 운동은 한쪽이 다른 한쪽의 원호를 향해 몸을 낮추면서 태아의 모습으로 바뀌어 원형 운동이 찾아가고자 하는 생명의 원초의 모습을 만나게 된다.

그렇다. 김래환의 조각세계는 생명의 태어남과 그 환희로움을 전언한다. 그의 언어들은 질박하나 힘이 있으며 생명력이 넘친다. 불꽃처럼 치열한 상승의 이미지는 그러므로 그의 생명

력의 불타 오름이며 삶의 에너지의 분출이다.

그가 원목 앞에서 만나는 것은 아내와 맏아들 명진이와 딸 다래의 웃음소리리라. 원목 속으로 길을 내며 상상력과 조각 칼이 만나 웃음소리가 이루는 빛고랑을 더듬어나가면 그곳에 아내의 〈나부〉가 태어나고 〈명진이가 부르는 노래〉가 태어나고 〈다래를 위한 기도〉가 태어난다. 이 일련의 작품들이 그의 가족애를 이룬다.

그의 가족관계가 형성되는 과정에서 필연적으로 만나는 것이 토템이다. 한 생명의 잉태와 생명의 원형질로서의 원시신앙은 그가 추구해온 작품세계의 중요한 모티브를 이룬다. 장승과 솟대는 그의 생명에의 외경을 드러내는 토템으로서의 의미를 지닌다. 특히 그가 즐겨다루는 솟대는 그의 정토회향의 꿈이 담겨 있는 것인지도 모른다. 정토회향의 꿈은 그를 고뇌하는 작가로 어둠 위에 세운다.

김래환, 그는 고뇌가 많은 조각가이다. 어떤 예술가가 고뇌하지 않겠는가. 그러나 김래환의 고뇌는 남다르다. 다른 조각가들이 이미지를 어떻게 삼차원 공간으로 옮겨 놓을 것이냐의 고뇌인데 비해 그의 고뇌는 삶의 통과의례를 거치면서 한 인간이 갖게 되는 갈등과 번민을 어떻게 작품으로 형상화 할 것이냐의 고뇌인 것이다. 다시 말하면 고뇌를 형상화하기 위한 고뇌인 것이다.

나는 그의 대표적인 고뇌의 작품 〈태＋고뇌 그리고 희〉에 오래도록 시선을 준다.

"이 작품이 이번 조각전의 메시지를 한마디로 축약 했다는 느낌이 드는데……"

"맞십니더. 지가예 가장 아끼는 작품 아닝교."

"저 상승의 몸짓을 하며 위로 진행해 간 구의 연속적인 운동은 작가의 의식의 세계이자 태어남과 성장을 의미하는 것으로 보이고 그 구의 운동을 감싸며 또는 방해하며 꿈틀대는 곡선은 아마도 자아의식의 방황과 갈등, 좌절과 번민을 상징하는 것으로 보이는데……"

"맞십니더. 지가 너무 직설적인 어법을 구사했능교? 어찌 그렇게 꿰뚫어 말씀하시능교?"

"상단의 이질적 분위기를 연출하고 있는 저 나팔이 의미하는 것이 환희라면 지금 자네가 말한대로 좀 직설적인 메시지를 지니고 있는 작품이라고 볼 수도 있겠지."

그러나 그의 작품은 해독이 만만치 않은 추상의 세계이다. 그의 작품세계가 지니고 있는 미덕은 추상적인 언어들이 친근하고 따뜻하게 다가온다는 점이다. 〈자화상〉 같은 작품은 그가 썼던 사모관대를 기억하는 사람들에게는 더없이 친근하고 따사로운 느낌으로 다가와 보는 이를 미소 짓게 한다.

나는 그의 작업대 위에 놓여 있는 수많은 조각도를 만져본

다. 그가 즐겨다루는 재질들은 참죽나무와 괴목 그리고 홍송이
다. 평도는 손수 제작해 쓴다는 그의 조각들은 손때가 묻어 반
들거린다. 한 작품이 태어나기까지 수십만번의 칼질이 이어졌
을 것을 생각하면 그 행위야말로 생명의 무한성으로 가는 한
작가의 치열한 몸짓임을 알 것 같다.

"이번 전시회 이후의 계획은?"

"중국 북경의 중앙미술대학으로 유학 갈 준비 중에 있십니
더. 아무래도 그곳이 실기가 강하닥고 하니 가 볼 생각입니
더."

그의 중국유학이 순조롭게 이루어진다면 이제 또 다시 10년
이 지나야 그의 조각전을 볼 수 있을는지도 모른다. 그때 그는
어떤 모습으로 우리들 앞에 나타날 것인지. 그의 작품세계는
어떻게 변모되어 있을는지 예측 할 수 없다. 언제나 충일한 에
너지를 바탕으로 운동성이 강한 작품세계를 이루어가는 그이
기에, 나는 작업실을 나오며 그의 두꺼운 손을 의미 있게 잡아
본다. 그가 사람 좋게 웃는다. 웃는 모습이 〈자화상〉을 닮았다.

김래환은 중국 유학에서 돌아온 첫해에 국전 특선으로 우리
들을 놀라게 했다. 괴목에 젊은 여인을 조각한 그의 작품은 섬
세한 표정들이 그대로 살아 있어 그가 중국 유학에서 새로운
세계에 눈을 뜨고 돌아왔다는 느낌을 갖게 했다. 추상에서 구

상으로 넘어간 그의 작품 세계는 한결 완숙한 경지에 이르고 있었다.

김래환은 민속촌이 처음 열릴 때 농악단의 일원으로 상쇠를 치면서 용인에 정착했다. 경상도 김천의 농업학교에 다닐 때 김래환은 풍물반에서 발군의 상쇠였는데 민속촌 농악단장 정인삼씨는 김래환을 발굴해서 키웠다. 민속촌 농악대가 한참 잘 나갈 때 단장 정인삼씨는 상쇠 김래환을 조용히 불렀다.

"래환아, 너 쇠를 두드려서 평생을 살아갈 수 있겠니?"

"무신 말씀이십니꺼."

"내 생각은 이렇다. 아무래도 쇠를 치는 것으로는 살아갈 수 없을 것이다. 너도 장가도 들어야 할 것이고 자식도 낳아 길러야 할 것인데 어떤 얼빠진 여자가 민속촌에서 꽹과리나 치고 있는 남자에게 장가 오겠니?"

"지는 장가 안갑니다."

"미친 놈, 한의원집 딸은 어찌할 것이냐? 내가 여러 날을 생각했는데 네가 손재주가 있으니 하회탈을 깎아보는 것이 어떻겠니? 우리 민속촌에서도 필요하고……"

"지가 우찌 하회탈을 깎십니꺼?"

"한번 시작해보거라. 한 2년 하회로 내려가서 착실히 배우면 되지 않겠냐? 공부 마치고 돌아오면 내 회장님께 얘기해서 공방을 독립으로 내주도록 하겠다. 공방 하나 가지면 먹고 사는 거야 해결되지 않겠냐?"

그렇게 시작한 목각이었다. 하회에서 2년간 손바닥에 못이 박히도록 피나무를 깎았다. 돌아와서 공방을 내고 여자를 얻고 탈 전시회를 열고 매스컴의 주목을 받으면서 조각가의 꿈을 가지게 되었다.

내가 김래환을 만난 것은 그가 하회탈을 재현하면서 전통의 복원을 완벽하게 할 것인가, 아니면 독창적인 하회탈을 깎을 것인가로 고민하고 있을 때였다. 그가 공방에서 고뇌의 칼끝을 피나무 원목에 수없이 찌를 때 나는 그의 작업과정을 시로 썼다.

피나무 원목 앞에서 칼을 세우면
해학의 목질 팽팽히 당겨져
어둔 공방 가르는 어둔 바람 소리
칼을 세우면 스물여덟 헛디딘 가슴
깊은 빗장 두둘기는 북소리

접신의 뜨거운 핏줄 일어선다
피나무 원목 앞에서

한마당 불춤일거나 칼춤일거나

황토 산역 붉은 소매끝 날리며

날 세운 조각칼 내 가슴속에서

미쳐 날뜀 때

피나무 원목 덧입혀진 어둠

몇 조각씩 잘려나가

빛이 선다 서러운

눈빛이 선다 눈물

질척하게 배어나는 웃음 뒤에

오늘의 턱 떨어진 선비

어둠 가슴이 선다

— 졸시 「목각탈을 깎으며: 유랑광대 18」 전문

이 시는 조각가 김래환에게 헌정된 시였다. 그가 금년 4월, 현대초상 100인전을 〈예술의 전당〉에서 열었다. 100인 중에는 정치가도, 예술가도, 사업가도, 방송인도 있었다. 그가 왜? 100인의 초상을 목각으로 또는 브론즈로 조각하게 되었는지 나는 지금도 알지 못한다. 김래환은 이제 내가 읽을 수 없는 코드로 난해해져버린 조각가인 듯 싶었다. 그리고 알지 못할 슬픔이나 분노 같은 것이 밀려왔다. 그 슬픔과 분노가 왜였는지 나는 지금도 모른다. 다만 전시장을 몰래 빠져나올 때 내 망막에서 사라지지 않는 것은 YS의 실물대 흉상이었다.

오산을 지나며

그 무렵 우리들은 중년에 막 들어선 나이였고 늦깎이 시인이었고 교사였고 가장이었고 실의에 차 있거나 기고만장해 있었고 술자리를 자주 만들었고 고래고래 소리를 질렀고 소리 지르다 소주잔에 코를 박았고 그러다가 부스스 일어나 수원 남문거리를 휘청거리거나 어두운 팔달산 자락을 밟거나 잠자리에 든 친구를 불러내어 또 술을 마셨다. 우리들은 시인을 알아주지 않는 문단이, 친구들이, 아내가, 신문이, 문학잡지가, 시인들이 싫었고 시가 싫었고 시처럼 생긴 모든 것들이 싫었고 시를 찾아 헤매는 늙은 문청들이 싫었고 우리들의 낙오가 싫었다. 우리들은 거의 매일 어울려 정치를, 경제를, 사회를, 문화를, 예술을, 문학을, 시를 질타했고 힐난했고 비난했고 저주했다. 우리들은 밤차를 타고 수원에서 오산을, 오산에서 수원을 오가며 창비를 비판했고 문지를 비판했고 김수영을 비판했고 김현을 비판했고 바슐라르를 비판했고 고은을 비판했고 루카치를, 백낙청을, 김지하를, 채광석을 옹호했다. 아니다. 하루는 비판했던 그들을 옹호했고 다른 하루는 옹호했던 그들을 비판했다. 우리들의 객기는 치기였거나 취기였거나 몰상식이었거나 무식이었거나 포즈였거나 허세였거나 광기였다.

조석구 시인은 포즈와 허세와 광기의 우리들이었다. 나는 조석구 시인의 선비스러움이 좋았고 대쪽같은 성깔이 좋았고 비타협정신이 좋았고 촌스러움이 좋았다. 오산은 조석구 시인의 술판이며 영지이며 문학적 고향이었다. 조석구 시인은 오산의 영주였고 양심이었고 중재자였고 풍류였다. 그는 시인이 되기 이전에 이미 오산을 접수하고 있었고 오산 위에 군림하고 있었고 오산을 거느리고 있었다. 오산의 젊은이들은 오산고등학교 제자여서 그가 출타 할 때마다 건장한 보디가드가 따라붙었다. 조석구 시인은 오산 젊은이들의 우상이었고 술친구였고 두목이었다. 그는 작은 일이건 큰 일이건, 내 일이건 남의 일이건 정의롭지 않으면 비분강개했고 술잔을 내리쳤고 거품을 물었다. 젊은이들은 비분강개하는 그를 따랐고 추앙했고 두

려워했다. 조석구 시인의 말은 젊은이들 사이에서는 법이었고 신성이었고 불가침이었다.

그러나 오산은 도시화되면서 거칠어져갔다. 논 가운데 제지공장이 서고 길 옆에 전선공장이 서고 마을 옆구리에 벽돌공장이 밀고 들어왔다. 제약공장이 들어서고 자동차부품공장이 들어서고 시멘트파일공장이 들어서고 공원들의 숙소가 들어서고 이들의 얄팍한 주머니를 노리는 호프집이 들어서고 당구장이 들어서고 화장품점이 들어서고 양장점이 들어서고 복덕방이 들어서고 선술집과 방석집이 들어서고 전당포가 들어서고 미장원이 들어섰다. 조석구 시인은 오산이 변하는 게 싫었다. 오산 땅을 낯선 사내들이 휘젓고 다니는 게 싫었다. 거리를 누비는 젊고 낯선 여자들이 싫었다. 죽순처럼 솟아오른 공장 굴뚝에서 쏟아져나오는 시커먼 연기가 싫었다. 남몰래 썩어가는 오산천이 싫었다. 날로 강퍅해져가는 오산 인심이 싫었다. 매일 밤 들어야 하는 거친 사내들의 고함소리와 주먹다짐이 싫었다. 오산은 더 이상 조석구 시인의 오산이 아니었다. 오산은 병들어가고 있었다. 그 밤 나는 조석구 시인과 함께 오산천이 기름처럼 번들거리며 흐르는 모습을 다리 위에서 내려다보고 있었다. 우리들은 취해 있었다. 취했다고는 하지만 도시의 불빛을 별빛으로 볼 정도는 아니었다.

"김 시인, 오산이 싫소."

"고향인데……"

"남의 땅 같아요."

"……"

"저기 멀리 보이는 것이 오산비행장 유도등이오."

"선정적이군요."

"오산은 늘 저 군용비행장을 박차고 날아오르는 전폭기들의 굉음에 진저리를 치오."

"그야 어디 오산뿐이겠습니까?"

"따지고 보면 한반도 전체가 전폭기의 굉음 아래 사는 거지요."

"석구형, 나는 저 굉음 아래 눕는 딸들이 눈에 밟혀요."

"김 시인이 보는 세상은 언제나 너무 아팠지."

"형이 보는 세상도 밝은 것만은 아니지."

"그랬나? 허허."

　조석구 시인의 웃음은 공허하고 쓸쓸했다. 그와 헤어져 돌아오면서 나는 오산의 쓸쓸함과 황폐함을, 아니 조석구 시인의 공허함과 팍팍함을 생각했다. 졸작 「오산을 지나며」는 그 밤의 기록이며 조석구 시인에게 바치는 헌사였다.

　　허리 부러져
　　불임의 땅이 된 오산은
　　K55 군용비행장 활주로 옆으로
　　창녀처럼 쓰러져 저문다

　　이제는
　　물풀조차 돋지 않는 개천가
　　문드러지는 생각 속에
　　개여뀌 같은 독기를 품으며
　　앙상하게 드러난
　　오산의 뿌리 움켜쥐고
　　짐승 울음 우는 조석구 시인
　　허리 부러진 오산 땅 서러워
　　통곡 같은 시를 쓴다

　　시커먼 굴뚝들 가슴속에서 자라고

거리에서 만나는 사내들
몸냄새 낯설어
오산 땅이 남의 땅 같다던
조석구 시인, 이 밤
후미진 공장 골목 어디쯤
더 깊은 어둠으로 섰을 것이다

— 졸시 「오산을 지나며」 전문

　이 시는 1990년 창작과비평사에서 나온 『떠돌이의 노래』에 수록되어 있다. 오산은 그 후 내게도 문학적 체험공간이어서 몇 편의 시를 더 쓰게 했다. 조석구 시인은 지금도 오산을 껴안고 살고 있다. 시인으로, 평론가로 활동하면서, 오산문화원 원장을 오래도록 맡아 하면서 오산의 문화를 걱정하고 고민하며 살고 있다. 이제는 그의 제자들이 오십을 바라보는 나이에 이르렀을 것이다. 그 때 조석구 시인을 호위하고 다녔던 보디가드들도 가정을 이루어 살고 있을 것이다. 산처럼 늙어가는 스승을 지켜보며 살고 있을 것이다.

이경희네 반 아이들

그 해 겨울은 유난히 추웠다. 나는 추위 속에 목계강을 보러 떠나는 일이 잦았다. 목계강은 굳게 입을 다물고 나그네를 냉대했다. 꽝꽝한 얼음은 기러기떼들의 그림자를 진종일 담아내며 가슴을 옥죄어 쩡-쩡 갈라터지는 소리로 흰 산들을 안타깝게 부르고 있었다. 봄은 영원히 오지 않을 것 같았다. 얼음장 속으로 흐르는 강물소리 조차 들리는 일이 없었다. 가슴을 옥죄이던 꽝꽝한 얼음은, 그리하여 영원히 봄을 맞을 수 없을 것 같던 목계강의 그리움은 입춘이 지나면 부풀기 시작한다. 목계강이 부풀기 시작하는 날은 흰 산들이 언 강물 가까이 내려와 앉는다.

이 무렵 나는 작고 초라한 초등학교 6학년의 학급문집 한 권

을 받는다. 〈어린왕자〉가 표지에 그려진 학급문집 『산새알』을 보내준 교사가 이경희였다. 작고 초라한 학급문집 한 권은 목계강에서 돌아온 나를, 내 언 서정을 따스하게 녹여주었다.

이경희가 교육대학을 졸업하고 교직에 첫발을 디딘 곳이 안성의 작은 산골학교였다. 전교생이라야 100명 남짓, 학년마다 한 학급씩 모두 여섯 학급인 소규모 학교였다. 충청도와 경계를 이루고 있는 학구는 여섯 개의 마을로 이루어져 있었다. 이경희는 여섯 마을 중에서 특히 극락마을을 좋아했다. 학교 정문을 나서서 오른쪽으로 난 포장길을 올라가면 저수지가 나오고 저수지를 지나 계곡을 한 마장 쯤 오르면 극락마을이 나타나는 것이다. 특히 오월의 극락마을은 이경희를 경이로움에 떨게 했다. 오래된 먹감나무들로 둘러싸인 극락마을은 언제나 조용해서 마을을 지나가는 산들바람의 작은 발자국소리가 들리는 듯 했다. 먹감나무는 자르르한 잎들을 오월 햇살에 반짝이며 진종일 빈 마을을 지켰다. 마을은 늘 물속 같았다.

그 해 가을, 이경희는 우연히 칠장사 답사를 나섰던 신경림 시인과 나를 안내해준 일이 있었다. 산길을 오르며 신경림 시인은 이경희에게 많은 질문을 했다. 신경림 시인이 알고 싶었던 것은 아마도 산골학교의 결손가정의 문제였던 것 같다.

"편모나 편부 밑에서 자라는 아이는 그래도 나은 편이예요. 조부나 조모 밑에서 자라는 아이들이 있어요. 긴긴 봄날, 혹은 무더운 여름날, 아니면 해떨어져도 늦게까지 귀가하지 않고 학교 주변을 맴도는 아이들은 대개 결손 가정의 아이들입니다. 따뜻하게 맞아줄 부모가 없는 썰렁한 집에 가기 싫은 거지요."

아이들은 담임인 이경희를 이끌고 산골짜기를 헤매며 산딸기를 따기도 하고 산새알을 내리기도 했다. 이경희에게는 모든 것이 신기하기만 했다. 이경희는 산골 처녀가 되어갔다. 산골 마을에 푸른 어둠이 내릴 때쯤 아이들은 개선장군처럼 노래부르며 발을 탕탕 굴러 박자를 맞추며 골짜기를 내려오고는 했다. 아이들은 선생님과 산속을 헤매는 일이 행복했다. 그러나 집으로 돌아가는 아이들의 뒷모습은 어딘지 비어보였다. 아이들이 돌아가는 모습을 지켜보는 이경희의 마음 속에도 아련한 슬픔이 배어오르는 것이었다.

칠장사를 오르는 동안 이경희는 밭에서 일하던 할머니 한

분을 만나 덥석 손을 잡고는 눈물을 글썽이는 것이었다.

"걱정 하지 마세요. 할머니, 잘하고 있어요. 아버지 어머니 없다고 무시하다뇨. 그렇지 않아요. 할머니 손이 이처럼 거칠어서 어떡해요? 이제 가을걷이는 거의 끝내셨다구요? 그럼 수고 하세요."

할머니의 손을 놓고 돌아서는 이경희의 눈에 눈물이 맺혔다. 아름다운 눈물이었다. 이경희의 작은 등 뒤로 억새꽃이 눈부셨다. 순간의 감동이 한 편의 시가 되는 성화의 시간이었다. 「풀씨의 노래」는 오랜 시간이 흐른 후에 쓰여진 그 순간의 기록이다.

가을 걷이로 골짜기는 어수선했으나 사람들은 너를 알아
보고 더러는 덥석 손을 잡고 더러는 허리를 깊이 꺾었다 네
흰손을 잡고 있던 할머니의 검고 거친 손이 오래도록 떨며 네
발길을 묶었다 아이들은 아무렇게나 자라요 엄마가 버리고
간 아이들은 늦게까지 운동장을 맴돌거나 산속을 헤매며 나
무들과 이야기를 해요 너는 목이 메여 하늘을 보았다 이곳 아
이들은 풀씨예요 작고 가벼워 어디든 날아갈 거예요 보세요
저기 억새꽃들

　억새꽃들은 은빛 생애 흔들며

바람 속으로 떠내려 가네
작은 주먹 쥐고
바람 앞에 서고
작은 주먹 쥐고
바람 앞에 수없이 넘어지네

억새꽃들 넘어질 때마다 작은 주먹속 새 세상 꿈꾸고
메마른 산자락 누워 따스한 잠 부르네
잠 깨면 작은 주먹 펼쳐 기지개 한번 크게
봄빛 단바람 청해
배시시 웃음 웃겠네

— 졸시 「풀씨의 노래」 전문

내게 보내진 이경희네 반 아이들의 졸업문집 『산새알』은 그렇게 살아가는 산골 아이들의 이야기 모음이었다. 졸업문집의 표지화가 나를 사로잡았다. 어린 왕자의 모습이었다. 산골 아이들의 졸업문집은 추운 나를 꿈꾸게 했다. 그것이 「이경희네 반 아이들」이었다.

너희들의 꿈은 작은 화산 길들인 장미 먼 별나라에 머물지 않는구나 산골학교 졸업문집 초라한 표지에 어린 왕자 그려

넣었지만 너희들의 꿈은 풀섶에 수줍은 이슬방울 차고 가는
아침 등교길 소복한 발등에서 빛나는구나
　착한 엄마로 달덩이 같은 아기에게 젖을 물리고 아버지 평
생 땀 흘리신 저 하늘바래기 논다랭이 지키며 칠현산 흐드러
진 진달래 한 아름 안고 둥기둥기 무동을 태우는 작고 아름다
운 꿈 발등에서 빛나는구나

— 졸시 「이경희네 반 아이들」 전문

　이 시는 『떠돌이의 노래』에 수록되었다. 이제는 표지조차 누
렇게 변해버린 『떠돌이의 노래』는 초판 3000부가 다 팔리지 않
은 시집이었지만 『떠돌이의 노래』 속의 「이경희네 반 아이들」
은 나를 미소 짓게 한다. 그 시절의 청순하고 여리었던 이경희
는 어떤 모습으로 교단을 지키고 있을지. 지금도 졸업문집을
만들어 아이들의 꿈을 담아놓기는 하는지. 그녀조차 세속화되
어 물신의 시대를 살아가고 있는 것은 아닌지. 그녀의 얘기는
신경림 시인에 의해 그 무렵 경향신문사에서 발행하던 『月刊
京鄕』에 소개되었다. 이경희 같은 여교사가 있었기에 우리 교
단은 희망을 잃지 않을 수 있었을 것이다.
　그후 나는 안성의 극락마을을 찾아 이경희가 경이롭게 보았
던 먹감나무를 보았다. 오월이었다. 마을은 침묵에 싸여있었
다. 침묵은 견고하여 나그네의 발자국소리를 묻어버리는 것이

었다. 먹감나무는 작은 잎들을 영롱한 소리를 내는 종처럼 달
고 있었다. 아니 어린잎들은 작은 바람에도 영롱한 종소리를
뿌리고 있었다.

오월, 나는 길 위에 있다

길은 마음을 나서자

거침없이 달려나갔다

길은 몸을 나누기도 하고 돌아서기도 하며

산모롱이를 돌고 개울을 건너고

벌판을 가로질러 달려나갔다

거침없던 길이 주춤거리다 돌아나오는 곳에

표주박 같은 마을이 매달려 있다

오월, 극락마을 작고 아름다운 잎들이

소쩍새 울음소리에 자지러진다

그리고 긴 침묵이 계속된다

침묵은 술기운처럼 온몸으로 퍼져

나를 길 위에 주저앉힌다

마음을 달려나간 길이 숲으로 들지 않는 것은

마음으로 되돌아오기 위해서 일까

길 위에 있지 않은 사람아

길 위에 있지 않아 눈부신

극락마을 기억하느냐

길을 되돌려 보내며 조금씩 극락에 가까이 가고 있는

오월, 극락마을 죽음 같은 정적

기억하느냐

— 졸시「극락마을에서」전문

극락마을은 지상의 극락으로 내게 왔다. 그러므로 극락마을은 길 위에 있지 않았다. 극락마을은 우리들의 마음 속에 있었다. 산골 사람들의 지혜로움은 살아가기 힘들었던 척박한 땅에 극락이라는 이름을 주어 그 곳에 살고 있었던 이웃을 위로했던 것이리라.

울고 있는 섬강을 보았다

 섬강은 내게 울음소리로 남아 있다.

여자의 가슴에서 울고 있는 섬강을 보았다 섬강은 좁은 계곡을 숨차게 흘러온 듯 여기쯤서 한숨 돌리는 모습이었다 섬강은 언제부터 남한강을 만나고 싶었을까 섬강이 멀리서 흐르는 남한강 물소리 들었을 때 세월은 이미 저만치 달아나 있었다 두 물길은 에돌아온 세월이 서러웠던 것일까 여자가 큰 몸을 흔들어 울음을 삼킬 때마다 강물소리 방안 가득 출렁인다

남자는 섬강보다 멀리 흘러 여자를 애타게 했었는지 모른다 소주잔 머리에 박고 있던 남자가 천천히 고개를 든다 여자

가 큰 눈 가득 강물 담아 남자를 본다 남자는 섬강에 눈을 던
진다 섬강 물빛이 하얗게 바래 있다 달맞이꽃이 강바람에 흔
들린다 달맞이꽃 따라 섬강 흔들린다 남자의 눈빛 흔들린다
— 졸시「울고 있는 섬강을 보았다」전문

삼합을 지나면서 지열은 열어놓은 차창을 덮친다. 등줄기를
흐르는 땀이 면바지의 허리를 적시고 있다. 암록색의 무성한
녹음이 먹구름처럼 닥친다. 쓰르라미가 자지러지듯 울고 호박
줄기가 무더위를 견디지 못하고 늘어져 있다. 지쳐 있는 것은
호박 줄기만이 아니다. 가뭄이 계속되고 있으니 산하의 모든
나무와 풀들이 생기를 잃은 지 오래다. 오늘도 아침노을을 보
았으니 비는 없을 것이다. 나는 비포장길을 느리느릿 오른다.
미루나무의 무성한 잎들이 미동도 않는다. 차가 급경사의 산길
로 접어든다. 나는 저속기어를 넣고 둔중해지는 엔진소리를 들
으며 차창으로 시선을 옮긴다. 산딸기들의 붉고 요염한 모습이
들어온다. 산딸기는 무성해진 산갈대숲에 모습을 숨기고 있었
다. 산갈대는 고갯길의 정상에 이르기까지 이어졌다. 나는 정
상에 차를 세운다. 엔진소리가 멎자 풀벌레소리가 차창으로 쏟
아져들어온다. 사방이 소리들로 차버린다. 그 많은 소리들을
쓰르라미소리가 산속에 묻어버린다. 멀리 숲 사이로 남한강이
보인다. 유유히 흐르는 강물에 여름햇살이 부딪쳐 유리가루처

럼 반짝인다. 비로소 가슴이 열리는 듯 하다. 유유한 물길을 보러 온 것이다. 이곳에서 며칠 묵으며 섬강 물빛을 벗삼고 싶어 후배의 안내를 받아 자연촌 촌장을 만나러 오는 길이다.

정상을 내려온 차가 땅콩밭을 지나 강가로 난 돌길을 더듬더듬 달려 다다른 곳, 그곳은 섬강과 남한강이 만나는 곳이다. 강어귀를 끼고 잠시 돌아가면 자연촌의 정문이 나온다. 자연촌이라지만 덩그라니 촌장의 거처와 민가를 그대로 살려 쓰고 있는 숙박 시설 몇 채가 전부이다. 우리 일행을 맞은 촌장 부인은 기다렸다며 거실로 안내했다. 질박한 느낌이 드는, 장식이라고는 찾아볼 수 없는, 그러나 내려다보면 남한강과 섬강이 한 눈에 들어오는 전망 좋은 공간이다. 촌장은 이미 만취해 있어 초면인 나와 수인사를 나누지 못할 정도여서 그의 아내가 서둘러 목욕탕으로 밀어넣으며 찬물로 샤워를 하고 나오란다. 오래도록 푸푸하는 물소리가 들렸다.

"한 주일 째 술만 마시고 있었어요. 죄송합니다. 이런 모습으로 시인을 뵙게 될 줄은 몰랐습니다. 김시인께서 오신다고 즐거워했었어요. 지난주가 촌장님 생일이었어요. 촌장님은 아들들을 기다렸던 거예요. 오지 않았어요. 그게 섭섭해서 술을 마시기 시작했습니다. 한 번 술을 입에 대면 끝장을 보는 성격이예요. 한 주일이고 두 주일이고 술을 마시다 쓰러져 자고 일어나면 또 마시고…… 이제는 완전히 중독이예요. 사람이 저처럼 황폐해질 수가 없습니다."

촌장의 아내는 유달리 큰 눈을 하고 있었다. 그녀의 큰 눈에 이슬이 맺혔다. 나는 시선을 강으로 돌려 하염없이 흐르는 강물을 보았다. 그녀의 물젖은 말소리가 강물소리로 들렸다.

"촌장님과 저는 고등학교 때부터 연애를 했습니다. 졸업하는 해, 저는 명문학교에 입학이 되었는데 촌장님은 실패하고 말았어요. 그게 우리들을 오래도록 떨어져 살게 했죠. 촌장님은 저를 만나주지 않았어요. 대학 졸업 후 저는 한 통신사의 기자로 미국과 대만에서 특파원으로 일하다 향수병에 걸려 귀국했습니다. 저는 그 옛날의 동네 어귀에서 촌장님을 만났습니다. 우리들은 지난 10년을 후회했습니다."

섬강은 여름의 무성한 녹음과 소리들을 밀고와 강변의 자갈밭에 부리고 있는지 돌틈으로 숨는 소리들이 들리는 듯 하다. 달맞이꽃들이 수줍은 모습으로 달아오른 자갈들을 내려다 보노라 고개를 꺾고 있다.

"우리들은 힘들게 결혼했습니다. 이미 두 아이의 아버지였던 촌장님의 결심이 아니었으면 불가능했을 결혼이었습니다. 시어른께서 저희들이 우여곡절 끝에 결혼하고나자 조용히 여주로 내려가 살라시며 이 산을 주셨습니다. 한 50만평 되는 산인데 촌장님은 이곳을 자연촌으로 가꾸고 계신 겁니다. 여기에 숨어 산지 10년이 되었습니다. 이제 저는 촌여자가 되었고 흙을 알게 되었습니다. 안타까운 것은 촌장님이 황폐해가는 거예요. 저런 모습을 보고 있노라면 제가 죄인인 듯 싶습니다."

그리고 그녀가 소리내어 울었던가. 나는 강물소리를 가까이서 들었다. 섬강 물소리가 남한강 물소리를 만나려고 얼마나 먼 물길을 달려 왔는지 나는 본 것이다.

"밤이면 달맞이꽃무덤을 타고 넘는 달빛을 보고 울었지요. 달맞이꽃은 송이마다 달빛 가득 채우고 새벽을 기다렸어요. 아니 강안개를 기다렸던 거지요. 저는 새벽강을 좋아했습니다. 밤새 섬강이 흘러가며 정분처럼 남기고 간 강안개의 속살들을 헤집으며 저는 저기 강변으로 나갑니다. 아직은 온기를 머금고 잠들어 있는 자갈들을 깨우며 강가를 걷습니다. 제가 자갈 밟는 소리에 강물이 깨어나고 풀잎들이 깨어나고 바람이 깨어나지요. 그 때서야 달맞이꽃은 송이마다

가득 물었던 달빛을 강물 향해 뱉어냅니다. 새벽강이 은은한 달빛으로 빛나는 것은 그 때문입니다. 저는 그 모습을 보며 몸을 떨었지요. 지난 10년, 그런 눈물겨운 풍경을 바라보는 것이 저의 유일한 기쁨이었습니다."

그녀의 젖은 눈빛이 달빛으로 빛나는 것을 나는 보았다. 그녀의 큰 몸이 슬픔으로 출렁이는 모습도 나는 보았다. 거실은 온통 강물소리로 출렁이었다. 나는 그녀가 따라주는 소주잔을 들고 물끄러미 강물을 내다보았다. 강물은 변함 없이 유유하다. 여름 해가 한풀 꺾인 듯 강물에 반사되는 햇살이 덜 부시다. 강변에 무더기로 서 있는 달맞이꽃이 그녀의 목소리에 젖은 듯 처연하다.

"일이 년은 조용히 세월이 흘렀습니다. 행복했으니까요. 여주로 내려온 한 두 해는 아마도 제 생애에서 가장 아름답게 빛나는 시절이었을 거예요. 촌장님은 조용히 흐르는 세월이 무료해지기 시작했습니다. 자연촌을 만들며 답답함을 견디는 것 같았습니다. 자연촌은 보시다시피 아직 갈 길이 멀어요. 언제 완성될지도 모릅니다. 제가 자금을 크게 마련해서 조기 완성하자면 촌장님은 그게 무슨 의미가 있는가라고 묻습니다. 평생을 바쳐 일하다 완성하지 못하면 어떠냐는 것이예요. 요즘 저는 촌장님이 세상을 버린 것 같다는 느낌 때문에 괴롭습니다. 사랑의 힘이 이처럼 무력하다는 걸 예전에는 왜 몰랐는지. 촌장님은 날로 황폐해가고 섬강 물빛은 야위어갑니다. 저는 그게 미칠 것 같습니다. 이제는 달맞이 꽃을 보는 일도 두렵습니다."

욕실에서는 계속 푸푸하는 물소리가 들렸다. 시간이 정지된 듯 무겁고 찐득한 것이 거실을 채우고 있었다. 이 때 큭 하고 그녀가 식탁에 머리를 묻었다. 그녀의 어깨가 오래도록 출렁이고 있었다.

최울가는 울보가 아니다

"김 선생님, 최울갑니더. 기억하시겠능교?"

"아니 최울가 화백 어떻게 된겁니까?"

"귀국한지 한 일주일 될낍니더. 지 개인전 열고 있지 않습니
꺼."

"그래요? 축하합니다."

"어데예, 선생님 오늘 올라오시소. 인사동 ○○화랑이락고
아매도 쉽게 찾을 수 있을낍니더. 오늘은 지가 걸판지게 한
잔 사겠십니더."

최울가 화백은 느닷없이 나타나 개인전을 열었다. 불란서로
유학을 떠난 뒤 한 삼사년 연락이 없었던 터였다. 그는 전시장
에서 쑥색 모시두루마기를 맵씨 있게 차려 입고 나를 맞았다.

나는 그의 그림들에 취해서 화랑을 돌았다. 그의 그림은 더 몽환적이고 더 동화적인 화풍이 되어 돌아왔다. 천진난만한 아이들의 무한한 상상의 세계를 비의 가득한 화필로 풀어놓고 있었던 것이다. 보라와 연두의 주조는 변하지 않아 한눈에 최울가 화백의 그림이라는 걸 느끼게 했다.

"최울가 화백, 더 동화적이고 몽환적인 화풍으로 바뀌었군요."

"지는 불란서에서 공부한 것 하나도 없십니더. 일요일이면 초등학교에 찾아가 유리창 너머로 얼라들 그림 보는 것이 유일한 공부였십니더. 불란서에 머물면서 많은 화가들을 만나고 나서 느낀 것 중 하나는 사람들이 순수한 마음을 잃어간다는 것이었십니더. 지는예 그 순수한 마음을 잃지 않으려고 무던 애를 썼십니더. 인간의 순수성은 얼라들에게 그 원형이 고스란히 살아 있다는 생각 때문에 초등학교를 수없이 서성거렸던 깁니더. 지 그림이 더 몽환적이고 동화적으로 바뀌었다면 아마도 지가 고민하던 것이 이루어져 간다고 보아야 할 깁니더."

화랑에는 많은 관람객들이 서성이지는 않았지만 끊임없이 사람들이 드나들고 있었다. 최울가 화백은 기분이 유쾌해 보였다. 우리들은 화랑을 나서면서 따가와지기 시작한 초여름 햇살을 올려다보았다. 투명한 하늘이었다. 도심에서 저처럼 투명한

하늘을 볼 수 있다는 건 축복일 수 있었다. 휴일의 인사동은 사람들로 꽉차 흐르고 있었다. 술집 탁자에 마주 앉은 최울가 화백은 맥주를 주문하고 나서 입을 열었다.

"선생님, 오늘은 지가 술을 대접합니더. 작품이 좀 팔렸어예. 한 일억 쯤이락카는데 지게는 대충 이천 오백 쯤 배당된 닥캅니더. 지가 ○○○화랑 전속 아닝교."

"그럼 불란서도 ○○○화랑에서 보낸준 겁니까?"

"하믄요. 그때는 최악의 상황이었십니더. 선생님도 아시지 않능교. 숙곡리에서 고시 공부하는 후배 둘 데리고 그림 그리며 살고 있었실 때가 최고로 힘들었던 땝니더. 그때 선생님이 주고 가신 라면 한 박스로 세 사람이 열흘을 살기도 했십니더. 부산에 있는 아내와 세 아이들이 어떻게 살아가고 있는지 알배 없이 지는 참 무심했어예. 그러던 중 우연찮게

○○○화랑에서 지 그림을 보고 전속하자고, 조건은 유학 보내주고 지 아내와 아이들 살집 마련해주고 매달 생활비 대주고 한닥해서 동의하고, 아이들 경기도로 이사시키고 불란서로 떠난 깁니더. 그때는 그기 황송했댔는데 이제는 족쇄 아닝교. 지 작품 전부가 ○○○화랑 소읍니더. 지는 수익금의 2할을 받십니더. 그런대도 지는 엄청난 부자 아닝교. 그 시절에 비하믄요."

최울가 화백은 맥주를 벌컥벌컥 마셨다. 나는 그가 전속에 대한 불만 때문에 하는 말이라고는 듣지 않았다. 힘든 시절을 지나 한 화가로 자리잡을 수 있었던, 자신에 대한 스스로의 격려와 성취감과 자신감의 다른 표현이라고 받아들였다. 최울가 화백의 지난날들은 그의 말처럼 처절했었다.

나는 『문학정신』의 표지화를 넋을 놓고 들여다보고 있었다. 몽환적이고 아름다운 그림이었다. 그냥 아름다운 것이 아니라 사람을 전율케 하는 환기력과 혼을 끌어들이는 흡인력이 넘쳤다. 단순해 보이는 선과 색의 교차였지만 그 선과 색들이 띄워올리는 이미지는 고혹적이어서 미인의 옆얼굴을 훔쳐볼 때의 설레임을 갖게 했다. 보라색과 연두색, 그리고 그 두 색의 간색으로 이루어지는 빛의 조화로움에 나는 찬탄하고 있었다.

"김 시인님, 무얼 그렇게 열심히 보세요."

한참이나 그러고 있는 내 모습을 보고 있던 열음사 김수경 사장이 물었다. 나는 천천히 고개를 들며 말했다.

"이 표지화 정말 좋은 작품이군요. 사람 넋을 빼앗아요."

"그래요? 그런데 이 화가 모르고 계셨어요?"

"누굽니까? 이처럼 사람 넋을 빼앗는 그림을 그리고 있는 화가가."

"최울가라고, 부산출신 화간대요. 우리 잡지 표지를 이번 호까지 세 번이나 그렸는데 모르고 계셨군요."

"그랬군요. 좋은 화가를 잡았네요."

" 최울가 화백 지금 수원 근처에 살고 있어요. 김 시인님 수원이시잖아요. 한번 만나보세요."

그날 김수경 사장은 최울가 화백이 작업하고 있는 주소를 알려 주었다. 여름이었다. 나는 수박 한 통과 소주 몇 병을 사 들고 화성군 매송면 숙곡리를 찾았다. 수인선이 가까이 지나고 있는 숙곡리는 작은 농촌마을이었다. 협궤열차가 기우뚱거리며 와서 멎던 어천역이 쓸쓸히 낡아 가고 있는 장터를 지나 작은 들판을 끼고 오른쪽으로 오르면 나타나는 전형적인 농촌 마을 숙곡리는 야트막한 산으로 둘러싸여 있었다. 칠월의 해어름이라고는 하지만 지열이 훅훅 올라와 무더위를 감당하기 힘들었다.

잠시 미루나무 그늘에 숨어들었던 나는 그만 못 볼 것을 본

듯 훔칠 놀라고 말았다. 서해안의 낙조였다. 숙곡리는 이미 노을 속에 타오르고 있었다. 서녘 하늘이 붉게 물드는 시간의 핏빛 아름다움을 뭉게구름에 숨겼다 풀어놓고 숨겼다 풀어놓는 서해안 마을 숙곡리는 화가의 마을일 수밖에 없었다. 저 숨막히는 낙조의 아름다움을 화가는 숨죽이며 보고 있을 것 같았다. 봄날 온 산을 연분홍으로 물들이며 타오르던 진달래의 속살을 가슴 두근거리며 보았던, 환장할 것 같던 시간들을 여기서 다시 만나게 될지는 몰랐다.

　서녘 하늘은 연분홍으로 물들기 시작했다. 연분홍은 서서히 하늘의 무게를 더하면서 다홍으로 변하고 다홍은 시간의 무게를 더하면서 꼭두서니로 변해갔다. 핏빛 노을이라더니, 나는 숨이 탁 막히는 느낌이었다. 화가는 아마도 이 시간 쯤 문설주에 기대 저 생의 밑바닥을 치고 올라오는 비애의 색깔들을 보면서, 마음 속에 품고 있는 영혼의 색깔을 남몰래 꺼내보리라. 나는 마을 어귀로 들어섰다. 고삽을 어슬렁거리던 개들이 요란하게 짖는다. 물어물어 찾아간 최울가의 작업실은 오래된 고택이었다. 학생차림의 젊은이 둘이 나를 맞았다.

　"선생님이 기다리고 계셨어요. 여기 평상에 앉으시죠."

　나는 평상에 앉아서 최울가 화백을 기다렸다. 젊은이 한 사람이 안으로 들더니 최울가 화백이 나타났다. 30 중반 쯤 뵈는 좀 수척한 모습이었다.

"최울가락고 합니더. 문학정신사의 김수경 사장님 연락을 받았십니더."

"그림이 너무 좋아서 한 번 꼭 뵙고 싶었습니다."

"좋기는 무에 좋은 기 있겠십니꺼."

젊은이 둘이 평상을 치우고 수박을 쪼개고 풋고추가 곁들인 술상을 보았다. 우리들은 소주잔을 나누며 여름밤을 맞았다.

"최울가 화백, 울가라는 이름이 독특한데 어떻게 지어진 이름입니까?"

"가끔 그런 질문 받십니더. 지가 어렸을 때 무지 잘 울었닥 카데예. 너무 잘 울어 아버지가 지어준 이름이 울가아입니꺼. 하핫."

"화가 이름으로 딱이라는 느낌이 들었어요."

"이름만 딱이믄 무에 쓰겠십니꺼."

"사람은 이름만큼 산다하니 희망을 가지십시오."

"희망을 가져야지예. 성공하지 몬하믄 너무 억울할 껍니더. 고등학교 졸업하고 십 년 동안 그림만 그렸십니더. 누구도 알아주지 않는 외로운 작업이었십니더. 성공하지 몬하믄 아내 볼 면복이 없십니더. 지 아내는 지가 대단한 화가락고 생각하능 기라예. 얼라가 셋이나 되는데 얼라들 볼 면목도 없능기고."

최울가 화백이 용변을 보러 자리를 뜨자 한사코 술잔을 거절하던 두 젊은이가 기다렸다는 듯이 소주잔을 털어넣었다.

"선생님은 저희들 술 마시는 거 용서하지 않습니다."

"왜요?"

"저희들 고시공부 하거든요. 정신 해이해 진다고 야단치세요."

"그렇군요."

"선생님, 그런데요. 혹시 돈 있으시면 저희들 라면 좀 사주시고 가세요. 양식이 떨어졌거든요. 최울가 선생님이 그림 팔아서 저희들 먹여주시는데 어디 그림이 팔리나요. 잡지사에서 보내주는 20만원으로 세 사람이 한 달을 살아가요. 늘 힘들어 하시죠."

나는 갑자기 목이 메었고 감동스러웠다. 젊은이들의 솔직함도, 궁핍함도 감동이었다. 가지고 있던 돈을 털어주고는 연거푸 술잔을 비웠다. 즐거우나 비감했고 경탄스러웠으나 막막했다. 그리하여 취했다. 최울가 화백은 색이 되는 모든 것들에 대한 열정을 토로했고 나는 언어가 되는 모든 생각들에 대해 말했다. 우리들은 서로의 길이 멀리 있지 않다는 것을 느끼고 있었다. 문제는 이미지였고 이미지를 현현하는 질료가 색이며 언어였다. 이미지가 나를 술 취하게 했고 최울가 화백을 알코올의 농도로부터 터팅기게 했다. 비틀거리는 나를 최울가 화백은 마을 어귀까지 바래다주었다. 개구리 울음소리가 여름밤을 흔

들고 있었다. 우리들은 손을 마주잡고 몇 번을 흔들다 헤어졌
다. 그의 손은 섬세하고 뜨거웠다. 별빛이 쏟아져 내리는 농로
가 끝없이 흔들리고 있었다. 앞산의 검은 능선이 거대한 짐승
의 등 같았다. 미루나무 검은 그림자가 능선에 걸려 있었다. 그
곳에도 별빛이 쏟아져 내리고 있었다. 낡은 어천역사 위에도
별빛은 쏟아져 내리고 있었다. 별빛은 낮았고 잘 익은 포도송
이 같았다.

　그렇게 헤어지고 나서 가을쯤 숙곡리를 찾았던 같고 또 한
계절을 버리고 나서 겨울이 거의 끝나가는 이듬해 2월, 나는 숙
곡리를 다시 찾았다. 최울가는 그때까지 용케 버티고 있었다.

　최울가 화백은 초췌한 모습이었다. 덥수룩한 수염이 그의
날카로운 얼굴 윤곽을 덥고 있어 더욱 초췌해 보였다. 그는 나
를 그의 작업실로 안내했다. 작업실이라야 전통 한옥의 안방이
었지만 그는 안방을 함부로 공개하지는 않는 것 같았다. 안방
에는 화구가 어지러웠다. 사방 벽이 그림들로 도배되어 있었고
벽을 채운 그림들은 천정에도 가득했다.
　"선생님, 지는 선 하나를 찾기 위해 이 겨울을 보냈십니더.
저 많은 습작들은 선 하나를 찾기 위한 지의 고통스러웠던
도정의 산물 아니겠십니꺼."
　"최 화백 정말 존경스럽습니다. 동화적이고 몽환적인 화풍

은 바뀐 것 같지 않은데 선이 더 부드러워지고 색이 더 투명해 진 것 같습니다."

"그렇게 보이능교? 그렇다믄 다행이지요."

"젊은 친구들 말이 일주일도 더 침식을 잊고 작업했다는데 건강에 무리 가지 않겠습니까?"

"늘 작업 시작하면 열흘이고 보름이고 먹지도 못하고 자지도 몬합니더. 습관인 듯 싶습니더."

최울가 화백의 눈빛이 더욱 형형해지고 있었다. 그것은 광기였다. 아마도 그를 지탱하고 있는 힘이 아닌가 싶었다. 우리들은 마루에 나앉아 녹차를 들며 마루의 벽과 천정에 붙어 있는 그의 그림으로 이야기가 흘렀다. 마루틈으로 칼바람이 솟아 올라 왔으나 우리들은 이야기에 도취되어 있었다.

"지는 지가 원하고 있는 선이 어떤 것인지 스스로 알 수 없습니더. 십년 세월은 아마도 그 작업으로 보낸 듯 싶습니더. 지에게는 형과 색보다 중요한 것이 선과 공간입니더. 선에 의해 공간이 구별되고 공간이 색을 불러들입니더. 선에 의한 공간의 형성은 지 마음 속의 공간입니더. 때로는 암울하기도 하고 때로는 절망적이기도 하지만 지는 그것들을 동심으로 극복한다고 믿십니더. 지 작품에서 느끼시는 몽환성은 아마도 지의 이런 염원의 드러냄 아니겠능교."

"아무튼 이 많은 작업을 이번 겨울 동안에 해냈다니 초인적인 작업이군요. 놀랍습니다."

"새로운 선 하나의 추구는 계속되어야 한다고 생각합니더.
그라고 선생님, 작품 하나 고르시소. 드리고 싶습니더."

"아닙니다. 그처럼 고통스러운 작업 끝에 얻은 작품들을 감
히……"

"괜찮십니더. 하나 고르시소."

그날 나는 끝내 그의 호의를 뿌리칠 수밖에 없었다. 어떻게
이룬 세계인데 내가 그의 작품을 소유한단 말인가 하는 생각은
지금도 변함이 없다. 나는 한 예술가의 광기와 집념을 보았다.
그 또한 감동이었다. 그 감동이 한 편의 시가 되었다. 「최울가
의 노래」가 그것이다. 이 시 역시 나의 시집 『떠돌이의 노래』에
수록되어 있다.

　　　선 하나를 긋기 위해 열 손가락

　　　피맺힌 절망의 점 가슴에 찍어가는

　　　울가, 핏점에서 핏점으로 건너뛰는

　　　어둔 눈빛의 파란 불꽃

　　　겨울 숙곡리 염전바람 소금기 밴

　　　하늘에 핏금 하나 긋고 스러지는

　　　저 황홀한 소멸

선 하나의 흔들림 속에 서른 몇 해

거친 생이 곤두박질하고

살아가는 일은 점과 점 사이에

무한히 많은 절망을 쌓아가는 일일까

겨울 숙곡리 서릿발 서듯

울가의 가슴에 세우는 섬뜩한 선, 선

      — 졸시 「최울가의 노래」 전문

"선생님. 이번 전시 끝내고 불란서 들어가면 상당히 오랫동안 뵙지 못하지 싶십니더."

"왜요?"

"이제 진짜 공부 할랍니더. 먹구 사는 거 말구, 한국미술사, 아니 세계 미술사를 다시 쓰는 화가가 될락캅니더. 한 십년 더 하면 되지 않겠능교."

그렇게 다시 떠난 최울가가 돌아오지 않았으니 아직 십 년이 되지 않은 것이다. 최울가는 더 이상 울보가 아니다.

2 부

산은 하늘의 뿌리다. 아니 고요다.

죽음과 삶이 분별을 넘어서 하나의 몸으로 숨쉬고 타오르는 태극이다.

죽음이 삶을 받들고 삶이 죽음의 젖을 빨며 성장하여 춤추고 꽃을 피우는 곳.

이 산은 펄펄 살아 뛰면서도 소리가 들리지 않는 음악이다.

구름을 이고 가는 선승이다. 산은 不立文字. 言語道斷.

山茶를 마시는 山

나는 몇 번이고 〈山詩.53〉을 다시 읽는다. 넓고 시원한 창으로 서운산 줄기가 흰눈을 덮어 쓴 채 성큼 다가선다. 얼어붙은 청룡호를 건너지른 짐승의 발자국이 보인다. 계곡의 물소리가 얼음 사이를 굴러내린다. 지금쯤 홍매화는 피었을까. 이성선 시인의 시가 주는 명징함과 편안함이 가득 고여 있는 〈山詩. 53〉을 밀어놓고 나는 소주잔을 든다. 민물새우매운탕이 아까부터 끓고 있었던 것이다.

홍매화 잠긴 찻잔에 발을 적시고 날아가는 새는 아마도 이성선 시인 자신일 것이다. 매화 붉게 핀 겨울 날 그가 山茶 한 잔을 앞에 놓고 마음을 찻잔에 적시며 해탈을 꿈꾸고 있는 것이리라.〈…그대 오시면// 구름 빠져 흐르는 물/산이 들어가 넘

어진/샘물로//차를/달이겠네.//〈山茶 한 잔/雲茶 한 잔〉(山詩.
4)이라고 노래한 이성선 시인이 아니던가.

　　나는 이성선 시인을 알지 못한다. 한번도 뵌 적이 없다. 그
러니 〈시속의 행간 읽기〉를 쓰기에 적당한 필자가 아니다. 이
글은 아마도 나태주 시인이나 송수권 시인이 썼어야 옳았을 것
이다. 서로를 잘 알고 있는 그들은 시의 행간 속에 숨겨놓은 시
인의 마음을 훤히 꿰뚫어 볼 수 있을 것이다. 내가 코끼리 잔등
만지듯 더듬거리는 시의 행간을 익숙하게 걸어 들어갈 것이다.
그렇다고 이성선 시인과 전연 인연이 없는 것은 아니다. 『現代
詩學』 1990년 10월 호부터 그는 〈山詩〉를 나는 〈바우덕이〉를
연재하기 시작한 일이 있다. 그가 연재를 시작하면서 썼던 시
인의 말을 나는 지금도 기억하고 있다.

　　산은 하늘의 뿌리다. 아니 고요다. 죽음과 삶이 분별을 넘

어서 하나의 몸으로 숨쉬고 타오르는 태극이다. 죽음이 삶을 받들고 삶이 죽음의 젖을 빨며 성장하여 춤추고 꽃을 피우는 곳.

이 산은 펄펄 살아 뛰면서도 소리가 들리지 않는 음악이다. 구름을 이고 가는 선승이다. 산은 不立文字.言語道斷.

산을 붓 하나에 가두고 붓 하나로 들어올리려는 자는 미친 자다. 산은 붓이 닿을 수 없는 세계에 가 있다. 또 가장 복잡한 삶을 가장 단순한 높이로 끌어 올리고 있다. 산은 나를, 너를 넘어 선 곳. 산은 결국 無다. 無에 나의 몸을 기대어 살고 싶다. 이 無에 기대어 나를 無로 지워버리고 싶다.

〈山詩〉 연작은 그의 이와 같은 인식의 바탕 위에 씌여지고 있다. 산의 무화와 부정은 자기부정으로 이어져 자신을 버린다. 자신을 버리는 동안 그는 투명한 몸을 하게 되었을 것이고 투명한 그의 몸으로 햇빛이 통과하고 바람이 통과하고 물소리가 통과하고 나서 통과하지 못한 산그림자만 고였을 것이다. 그가 육신의 경계를 헐고 투명해지기까지 산들은 그의 마음에 수없이 발을 적시고 건너갔을 것이다. 저 육중한 등줄기를 웅크리고 있는 산이 그에게 무로 인식되기까지, 산들이 山茶잔에 잠겨 향기가 되기까지, 그리하여 우주가 한 마리 나비로 그의 투명한 뱃속에 담기기까지 그는 산과 수없이 정을 통하며

산의 사타구니를 핥았을 것이다. 산과 질펀하게 한 세월을 보
낸 그가 산의 향기, 산의 살내에 취해 몽롱해 있는 동안 산이
그를 건너가고 산이 건너간 그의 몸이 투명해 지는 걸 보았을
것이다.

    찻잔에 붉은 매화 필 때

    앞산을 낮게 나는 새가

    그 발을

    찻잔 물에 적시고 지나간다.

    마음 안일까 밖일까

    그 후 새는 어느 곳에 가 닿는가

그는 마음 안으로부터 마음 밖으로 새가 되어 날아간다. 그
가 날아가 머물 곳을 그는 가늠하지 못한다. 마음 안과 밖은 이
차원 공간의 열린 곡선 같은 것이어서 안을 안이라고도, 밖을
밖이라고도 할 수 없다는 것을 그는 알 것이다. 이미 몸과 마음
의, 자연과 인간의 경계를 허문지 오랜 그이기 때문이다. 투명
해져 햇빛이나 바람이나 물소리가 드나들었던 그의 몸과 마음
이 아니던가.

그러므로 찻잔에 발을 적시고 날아간 새가 날아가 닿을 곳
은 이성선 시인 자신이다. 그의 몸이고 정신이며 삶이다. 안과

밖이 하나인 세계, 몸과 마음이 하나로 트인 세계에 그는 지금 山茶 한 잔을 앞에 놓고 잔속에 산을 띄우고 새를 띄우고 삶을 띄우고 죽음을 띄워 깊은 맛을 음미하고 있는 것이다.

　　허공에 갑자기 향기 감돌고
　　저녁 저 발이
　　누구의 가슴에 깊어지는데

　　닿고 닿지 않음
　　도달하고 도달하지 못함을
　　침뱉듯이 보는 이가
　　내 뒤에서 조용히 차를 들고 있다.

　이성선 시인은 지난해 상재한 「절정의 노래」 후기에서 〈이제 그간 희구해 오던 동양정신, 그 도의 바다에 옷깃을 조금 적시게 된 것 같아 부끄러움이 덜해진다〉고 말하고 있음을 본다. 〈서으로 찾아가 아득한 山人〉이 되고자 했던 그가 〈물속 달과 싸우는 승냥이〉였던 시절을 건너오는 동안 깊어진 시인의 정신세계를 짐작케 한다.
　허공에 감도는 향기는 그의 정신의 향기이며 山茶의 향기일 터이고 산촌의 겨울 저녁 어스름은 그의 적멸보궁에 내리는 시

간의 켜일 터이다. 그렇다면 그가 도달하고자 했던 곳은 어디
일까. 〈해탈교 사이에 두고〉 건너다보고 있는 〈신선도〉 한 장은
아니었을까. 〈아침 차 한 잔으로 이르는 마등령〉이나 〈점심 먹
고 낮잠 자다 일어나 오를 수 있는 화채봉〉은 아닐 것이다.

> 내가 최후에 닿을 곳은
>
> 외로운 설산이어야 하리
>
> 얼음과 백색의 눈보라
>
> 험한 구름 끝을 떠돌아야 하리.
>
> 가장 외로운 곳
>
> 말을 버린 곳
>
> 그곳에서 모두를 하늘에 되돌려 주고
>
> 한 송이 꽃으로
>
> 가볍게 몸을 벌리고
>
> 우주를 호흡하리.

—「절정의 노래1」 부분

    우리들의 눈물겨운 삶을 가장 단순한 높이로 끌어올리는 산
에 눈내려, 외로운 설산에 모든 것을 버리고(그가 이제 무엇을
더 버릴 수 있을까마는) 한 송이 꽃으로 돌아가 가볍게 몸을 벌
려 우주를 숨쉴 때 그는 이미 정신의 절정에 도달한 것이리라.

그의 山茶 잔에 들어앉았던 산이야 말로 그가 절정에 닿았는지를 침뱉듯이 쉽게 볼 것이다. 山茶 잔에 잠겨 차를 마시는 山. 그 무심한 산은 이성선 시인이 아닐런지.

여기까지 부질없는 생각을 이끌어가던 나는 소주잔을 단숨에 비우고 새우매운탕을 뜬다. 달고 시원한 맛이 예와 같다. 아무래도 소주는 시인의 술인가 보다. 이성선 시인을 모셔 소주잔에 그의 산을 띄워야 겠다. 저 청룡호가 풀려 깊푸른 몸을 드러낼 때 쯤.

마음과 세월

시가 언어로 구축된 사원이라면 사원의 미려한 돌기둥이나 아름다운 벽이나 대리석 바닥은 온통 말로 이루어진 허구의 건축물이다. 허구의 건축물은 상상의 공간에 삼차원의 모습을 하고 있어 마치 현실 세계의 건물 모습처럼 보인다. 나는 참으로 오랫만에 내가 지은 허구의 사원을 바라본다. 사원마다 쓰여진 질료가 다르다. 질료가 다를뿐 아니라 사원의 모습 또한 다르다. 모든 사원은 살아 있는 그림자를 드리우고 있다. 어떤 사원은 퇴락하기 시작했고 어떤 사원은 이미 퇴락하여 잡초가 무성하다. 사원의 뜰에는 내가 서성거린 발자욱이 수북하다. 저 사원 하나하나를 세울 때마다 나는 얼마나 많은 서성거림을 가졌었는가를 생각한다.

알맞은 질료를 찾느라 고생했던 기억이 새삼스럽다.

아무래도 이제 막 축조가 끝난 신생의 사원보다는 퇴락하기 시작한 사원이 나를 애잔한 정속에 머물게 한다. 이미 퇴락한 사원의 허물어진 벽돌 사이에 내가 즐겨 사용하던 질료인 시어가 반쯤은 부서진 모습으로 나를 올려다본다. 「마음」이라는 시어와 「세월」이라는 시어들이다.

「마음」은 내 상상력이 머물고 있는 무한 공간이다. 어떤 때는 나의 내면의 쓸쓸한 풍경이기도 하고 어떤 때는 내 철없는 정신세계가 뛰어다니는 상상의 지평이기도 하다. 안으로 향해 있어 닫혀 있어야하는 공간이면서 무한히 열려 있는 공간이 마음인 것이다. 그러므로 내 시어로서의 마음은 심리적인 것은 아니다. 더구나 영적인 것은 더욱 아니다. 내 밖에 있는 사물들이 내 안으로 투영되는 공간이며 나의 세상읽기의 눈높이이다. 내가 읽은 세상 이야기는 결국 나의 내면으로 돌아와 마음이라는 이름으로 자리를 잡으며 새롭게 축조되는 사원의 기둥이 되기도 하고 벽면이 되기도 하고 대리석 바닥이 되기도 한다. 그러므로 마음은 가슴과 생각과 동의어이다. 나의 마음이 나의 사원에서 어떤 모습으로 자리하고 있는지 더듬어 본다.

〈바람 없이도 관목들은 한 생을 벗으며 묵묵했으므로 붉어진 마음 지는 것을 보았다〉〈네 마음 채우고 비우는 것으로 기쁨이고 슬픔인 것을/용서 할 수 없는 계절은 없다고 말하고 싶었다〉〈길은 계곡을 돌고 구릉을 가로 질러/ 이미 붉어진 마음 가운데를 간다〉〈수없이 보낸 사람 늑골 사이 붉게 걸려/지지 않는다 후두득 마음이 지고 마음 위로 가을해 진다〉

「세월」은 생성과 소멸의 궤적이다. 생활의 아리고 쓰린 흔적이며 한숨과 역경의 내시경이다. 그러므로 세월은 삶의 다양한 모상을 거쳐 삶의 본질에 가 닿는 탯줄이다. 세월은 내 마음의 바깥 풍경이며 많은 사람들이 아픔을 함께 하며 걸어온 핏물 괴인 발자욱이다. 상투적인 시어인 「세월」이라는 말이 내겐 왜 이처럼 아픈 의미로 환원되는지 모를 일이다. 뽕짝에서나 쓰여질 「세월」이 나의 시에서는 어떻게 쓰여지고 있는가를 본다.

〈이제 노인은 갯바람으로 풍화된 뼈를/땅속에서 익히며

두려움으로 흐른/비밀한 세월을 지켜 볼 것이다〉〈감당 할 수 없는 피걸레의 세월, 소릿결 마음결 다듬어 당신 가얏고 소리 산마루 구름 흩고 모으는 동안〉〈손때 묻은 농구며 그릇들 밤마다 깨어나 작은 소리로 서로 몸 부딪쳐 황토적삼 펄펄한 어깨 위로 눈물겹던 세월 덧없습니다〉

퇴락한 사원의 말들을 돌아보며 나는 어렴풋이 나의 시가 지니는 한계를 짐작한다. 나의 시어들은 내 생각을 담아내는 데 언제나 미흡했으며 그 미흡함이 언제나 새로운 사원의 축조를 꿈꾸게 했다.

맑은 영혼의 눈물

경인일보의 김용환 기자가 밤늦은 시간에 술집으로 나오라는 전화를 했다. 지금은 권선구청 청사로 쓰이는 당시의 수원시청 앞 조촐한 술집이었다. 김 기자는 술탓인지 좀 흥분되어 있는 상태였다.

"선생님, 노작 홍사용 시인의 묘소를 오늘 제가 다녀왔습니다. 그런데 그렇게 초라할 수가 없습니다. 후손들이 관리를 안 한 것인지 못한 것인지는 모르겠는데요, 암튼 저는 마음이 아팠습니다."

"돌보지 못하고 있는 문인 묘소가 어디 노작 뿐이겠수."

나는 심드렁하게 대답했다.

"아니, 시인께서 어떻게 그런 말씀을 하십니까?"

"내가 뭐 말을 잘못했나요?"

"딴은 그렇기도 하군요. 그런데 노작은 우리들 가까이 있어서 관심이 커지는 것입니다."

"그런데 김기자, 오늘 나를 불러낸 목적이 있을 거 아뇨?"

내 말에 김 기자는 앞에 놓였던 술잔을 쭉一소리가 나게 넘기고 나서 심각한 표정으로 말했다.

"선생님, 우리 노작 시비를 세웁시다."

"시비를?"

"그래요. 노작 시비를 우리들 손으로 세우는 겁니다. 경인일보에서 후원하고 문인협 회 수원지부에서 주관하면 안될 거 없을 겁니다."

그렇게 시작된 노작 시비 건립은 그 해 가을에 완성되었다. 수원에 거주하는 문인들이 주축이 되어 시비가 제막되던 날,

노작의 아들과 친지 그리고 광주의 오월시동인들도 참석을 해 주었다.

그 시비가 동탄 신도시 개발로 어떤 운명에 놓이게 될지 모른다. 마음 아픈 일이다.

노작 홍사용은 우리들에게 「나는 왕이로소이다」로 기억되는 시인이다. 개화기의 선각자로, 시인으로, 연극인으로 그는 고뇌하는 지식인이었으며 불행한 문화인이었다. 그가 남긴 20여 편의 시들은 본인의 개결한 성품처럼 맑은 영혼을 위한 노래이다. 그는 과작의 시인이다. 그의 시는 1922과 1923년, 그가 주관한 백조 창간호에 이은 2호와 3호에 집중적으로 발표 되었을 뿐 그후로는 거의 지면에서 그의 시를 볼 수 없다. 그러므로 그의 시는 20대 초반의 시적 상상력이 가장 두드러진 시기의 작품이다.

노작 홍사용의 민요적인 시풍은 당대의 소월과 맥을 같이 한다. 그의 시 중에서 민요풍의 시는 「해 저문 나라에」「민요」 「離恨」 「흐르는 물을 붙들고서」 등이며 3.4조나 3.5조 또는 3.7조의 운율을 지니고 있는 시들이 대부분이다.

그이를 찾아서
해 저문 나라에

커다란 거리에 나아갔었더니

지나가는 나느네의 꾀수임에

흔하게 싸게 파는 궂은 설음을

멋없이 이렇게 사가졌노라

—「해 저문 나라에」 부분

생금생금 금가락지

호닥질러 닦아내어

먼 데 보니 달일러니

곁에 보니 처잘러라

그 처자 자는 방에

숨소리가 들릴러라

—「민요」 부분

밥 빌어 죽을 쑤어서 열흘에 한끼를 먹을 지라도

바삐나 돌아오소 속 못채는 우리 님아

타는 애 썩는 가슴으로 그 동안 벌써 아홉 해구려

—「離恨」 부분

  이처럼 노작의 시편들은 민요적 정형을 통해 이땅에 사는 사람들의 삶과 애환를 노래 하고 있다. 노작의 시풍이 산문시

의 형식으로 바뀌게되는 것은 「나는 왕이로소이다」에 이르러 서이다. 그의 대표작으로 인구에 회자되고 있는 이 시는 타고 르의 산문시 형식과 시정신의 영향을 많이 받은 작품으로 추정 된다.

1919년, 독립만세 사건의 실패로 깊은 좌절감에 빠져 있던 우리 민족에게 인도의 시성 타고르는 「쫓긴 이의 노래」라는 헌 시를 보낸다. 휘문의숙 졸업반이었던 감수성 많은 홍사용은 역 사의 격랑속으로 휩싸여 들어가는 민족적 비운을 타고르의 「쫓 긴 이의 노래」를 암송하며 달랬을 것이다.

　　나는 왕이로소이다 나는 왕이로소이다 어머니의 가장 어 여쁜 아들 나는 왕이로소이다 가장 가난한 농군의 아들로 소……

　　그러나 십왕전에서 쫓기어난 눈물의 왕이로소이다.
　　…… 중략 ……
　　누런 떡갈나무 우거진 산길로 허물어진 봉화둑 앞으로 쫓 긴 이의 노래를 부르며 어슬렁 거릴 때에 바위 밑에 돌부처는 모른 체하며 감중련하고 앉았더이다
　　아 — 뒷동산 장군바위에서 날마다 자고 가는 뜬 구름은 얼 마나 많은 왕의 눈물을 싣고 갔는지요

　　나는 왕이로소이다 어머니의 외아들 나는 이렇게 왕이로
소이다
　　그러나 그러나 눈물의 왕! 이 세상 어느 곳에든지 설움 있
는 땅은 모다
　　왕의 나라로소이다

— 「나는 왕이로소이다」 부분

유년의 기억이 시의 중요한 모티브가 되고 있는 이 시는 노
작이 즐겨 사용하던 민요풍의 시형식에서 새롭게 산문시의 형
식으로 눈뜨게 되는 한 전기를 마련하고 있다고 보여진다. 그
러나 이 작품 이후 이보다 탁월한 산문시를 발표하지 않고 있
어 아쉬움이 남는다.

노작은 순수한 서정시인이다. 토속적 소재와 민요풍의 시형
식을 차용하고 있다고는 하지만 노래 속에 자신의 유년과 개인
사가 절묘하게 어우러져 시적 긴장을 유지하고 있다.

노작 홍사용 시인은 눈물의 왕이어서 나약한 것 같지만 이
세상 어느 곳에든지 설움 있는 땅은 모두 왕의 나라라는 의미
심장한 선언을 한 시인이었다. 그의 시가 한스러움과 영탄의
그림자를 드리우고 있기는 하지만 시편의 곳곳에 배치하고 있
는 정치적 담론 때문에 오늘의 독자들을 잃지 않고 있는 것이
다.

불꽃 같은 삶

1

나혜석은 1896년 수원에서 태어나 1948년, 파란만장의 생을 마감했다. 그녀의 시신은 서울시립병원에 행려사자로 안치되어 있었다. 울어줄 친지도 연인도 없었다. 나는 불꽃 같은 삶을 살며 불꽃 같은 사랑을 했던 나혜석을 수원에서 만나 사랑하게 되었고 내 숨겨진 사랑을 한 편의 시로 나의 시집 『슬프도록 비천하고 슬프도록 당당한』에 담아놓았다. 「벗을 수 없는 슬픈 숨결」이 그것이다.

나혜석은 개화기의 신여성이었으며 연애 지상주의자였고 페미니스트였다. 그녀의 일생은 아름다움과 고통이, 행복과 도전이 늘 함께 했다. 그녀는 일상성에 매몰되는 평온함을 두려

위했으며 늘 새로운 도전을 꿈꾸어 왔다. 나혜석에게는 〈최초〉라는 수식어가 붙는다. 최초의 여류 선전 작가, 최초의 여류 서양화가, 최초의 페미니즘 소설작가 등이 그것이다. 그녀는 회화뿐만 아니라 문학에도 열정을 불태웠으며 시, 소설, 희곡, 수필 등 다양한 장르의 작품을 남겼다.

나혜석은 변호사 김우영과 결혼해서 행복한 가정생활과 예술 활동을 펼치던 중 남편과 함께 불란서 여행을 하게 되는데 이 때 그녀만 파리에 남는다. 그녀는 파리의 세련된 문화와 수준 높은 구라파 예술을 배우고 싶었던 것이다. 이 때 만난 남자가 남편 친구 최린이다. 나혜석은 최린의 뜨거운 열정과 해박한 지식에 매료되고 마침내 사랑에 빠진다. 두 사람의 사랑은 당시 조선 사회에까지 알려져 나혜석은 귀국하게 되고 마침내 이혼한다. 그러나 최린과의 결합을 기대했던 나혜석에게 최린은 냉담했으며 그녀는 심한 배신감을 갖는다. 이 사건은 나혜석에게 연애지상주의를 외치는 계기가 되었으며 그녀는 여러 남자를 전전한다.

나혜석의 만년은 비참했다. 그녀는 중풍으로 오른손을 쓸 수 없어 작품 활동을 거의 포기하기에 이르렀고 생활비가 없어 자신의 집에 요리사로 일하던 사람이 경영하는 중국집에 가서 신세를 지기도 했다. 그녀가 젊었을 적에, 구름처럼 모여들어 찬사를 늘어놓던 남자들은 모두 그를 떠났다. 나혜석의

영혼이 점차 피폐해지는 것을 안타깝게 여긴 일엽스님이 불문
에 귀의하기를 권했으나 그녀는 자아를 버릴 수 없다며 거절
했다. 나혜석은 사람들로부터 점차 잊혀져갔으며 그 후 그녀
가 어떻게 생을 이어갔는지는 분명하지 않다.

나혜석이 문학 활동을 활발하게 펼쳤던 1920년대는 한국문
단에 다양한 문예사조 운동이 전개되기 시작한 시대였다.『폐
허』와『백조』를 중심으로 한 문학운동은 소설에서는 사실주의
와 자연주의를 표방하게 되었으며 시에서는 낭만주의와 상징
주의를 표방하게 되었다. 서구에서 수세기를 두고 순차적으로
발전되어 온 계몽주의, 낭만주의, 사실주의, 자연주의, 상징주
의의 문예사조가 1920년대에 함께 소개된 것은 일본 유학파의
신학문에 대한 지적 호기심과 무관하지 않다.
특히 1920년 7월에 창간된『폐허』는 나혜석, 김일엽, 김단실

등의 여류 문인과 김억, 남궁벽, 오상순, 황석우, 변영로 등의 시인들, 그리고 염상섭, 이익상, 민태원 등의 소설가가 동인으로 참여하고 있어 당대의 비중 있는 문인들이 폐허파를 형성하고 있었다. 폐허파는 후에 백철에 의해 퇴폐주의 유파로 분류되기는 했으나 엄격한 의미로 구분한다면 낭만주의와 상징주의, 자연주의와 사실주의가 혼재되어 있음을 볼 수 있는 바 황석우의 낭만과 퇴폐주의적 경향, 김억의 상징주의적 경향, 오상순의 허무적 이상주의 경향, 염상섭의 사실주의적 경향이 그것이다.

또한 1922년에 창간된 『백조』는 박종하, 홍사용, 나도향, 박영희, 이상화, 현진건, 김기진 등이 동인으로 참여하여 낭만주의 문학운동을 펼치고 있음을 볼 수 있다. 백조파의 시인들은 스스로를 이념에 있어서는 낭만주의를, 기분은 퇴폐주의를, 문학태도는 상징주의를, 예술관에서는 유미주의를 표방하고 있다고 말하고 있다.

1920년대의 시단을 풍미했던 문예사조는 상징주의라고 볼 수밖에 없다. 신시 초기의 대표적 작품으로 손꼽히는 주요한의 「불놀이.1919」, 이상화의 「나의 침실로.1919」가 모두 상징주의 시라는 게 통설로 되어 있을 뿐 아니라 박영희의 표현을 빌자면 "문예사상의 심볼리즘 시대가 시작된 것"이며 안석영의 표현을 빌자면 "상징적인 문자를 쓰지 않으면 작품이 세상에 나올 수 없을 때가 된 것"이다. 이처럼 상징주의 시대는 1919년 2월에 창간된 『창조』에서 개막되었으며 1920년 7월에 창간되어 1921년 1월에 폐간된 『폐허』, 1921년 5월에 발간된 『장미촌』, 1922년 1월에 창간되어 1922년 9월에 폐간된 『백조』에서 절정기를 맞았다가 1921년 11월에 창간되어 1924년 1월에 폐간된 『금성』에 이르러 여진을 남기며 쇠퇴하기 시작한다.

한편 소설계에는 일찍이 춘원 이광수가 1917년에 장편 「무정」을 매일신보에 연재하기 시작하여 계몽주의적인 신소설을 선보이고 있었으며 1919년 2월에 창간된 『창조』는 김동인, 주요한, 전영택, 김환, 최승만 등의 창간동인이 자연주의 및 사실주의 문학운동을 표방하며 김동인이 「약한자의 슬픔」, 「마음이 옅은 자여」, 「배따라기」 같은 리얼리즘 계열의 작품을 발표하고 있다. 「폐허」 동인이었던 염상섭은 1921년에 「표본실의 청개구리」를 발표하여 자연주의 문학작품을 선보이며 그의 문학적 성가를 높이고 있음을 볼 수 있다.

나혜석은 인상주의적 화풍을 지닌 한국 최초의 여류 서양화가이다. 그러므로 그녀를 시인이라고 말 할 수는 없다. 소설가라고 말하기는 더욱 어렵다. 그러나 나혜석은 4편의 시와 5편의 소설, 그리고 2편의 희곡을 남기고 있어 그의 문학적 삶을 간과할 수는 없는 것이다. 그녀의 시세계를 이해하는데 있어 상징주의는 한 단초를 제공할 수 있을 것이며 그의 소설을 이

나혜석상

해하기 위해서는 사실주의 시각이 한 단서를 제공 할 수 있을 것이다.

2

나혜석은 예술적인 삶을 살다간 개화기의 신여성이다. 그녀를 화가로 부를 것이냐 문학가로 부를 것이냐 하는 고민은 부질없는 일일는지 모른다. 그녀는 불꽃같은 생을 살다 갔으며 삶이 곧 예술이며 예술이 곧 삶인 생을 완성하고 간 사람이다. 그러므로 그녀의 생은 불행했으나 행복한 것이며 떠났으나 영원히 남아 오늘 우리들의 가슴을 뜨겁게 하는 것이다.

나혜석의 불꽃같은 생이 색이라는 몸으로 태어나면 「농가」, 「여름의 아침」, 「낙랑조」, 「천후궁」, 「정원」, 「나부」 등의 그림으로 우리들 앞에 현현되었으며 언어라는 몸을 빌어 태어나면 「인형의 집」, 「砂」, 「아껴 무엇하리, 이 청춘을」 등의 시로, 또는 「원한」, 「현숙」, 「정순」, 「閨怨」 등의 소설이라는 모습으로 우리들 앞에 현현되었다.

문학계에 나혜석은 순수문예지 『廢墟』와 함께 남아 있다. 『폐허』가 추구했던 심미적 쾌락주의 또는 퇴폐주의는 3.1운동의 실패에 따른 민족적 좌절과 절망감, 그리고 자포자기적 지식인의 현실도피의식과 무관하지 않을 것이며 독립운동으로 이미 옥고를 치르고 나온 나혜석 역시 폐허동인들의 이러한 분위기에 쉽게 동화되었을 것이라는 추정이 가능하다.

나혜석은 1921년 4월에 세편의 시를 발표한다. 매일신보 4월 3일자에 실린 「인형의 집」과 『폐허』 2호에 실린 「냇물」, 「砂」가 그것이다. 「인형의 집」은 후렴이 있는 것으로 보아 처음부터 곡을 붙일 목적으로 쓰여진 시라고 보여지며 실제 김영환의 작곡으로 된 악보가 함께 게재되었었다고 전한다. 이 시는 5년 후인 1926년 『신여성』지에 「노라」라는 제목으로 개작되어 다시 발표된다. 여기서는 상징성이 돋보이는 1921년의 작품을 논의의 대상으로 삼고자 한다.

〈1〉
내가 인형을 가지고 놀 때
기뻐하듯
아버지의 딸인 인형으로
남편의 아내 인형으로
그들을 기쁘게 하는 위안물 되도다

(후렴)
노라를 놓아라
최후로 순수하게
엄밀히 막아논

장벽에서
견고히 닫혔던
문을 열고 노라를 놓아주게

⟨2⟩
남편과 자식들에 대한
의무 같이
내게는 신성한 의무 있네
나를 사람으로 만드는
사명의 길로 밟아서
사람이 되고저

⟨3⟩
나는 안다
억제 할 수 없는 내 마음에서
온통을 다 헐어 맛보이는
진정 사람을 제하고는
내 몸이 값없는 것을
내 이제 깨도다

〈4〉

아아 사랑하는 소녀들아

나를 보아

정성으로 몸을 바쳐다오

많은 암흑 횡행 할지나

다른 날, 폭풍우 뒤에

사람은 너와 나

―「인형의 집」 전문

「인형의 집」은 노르웨이의 극작가 입센의 1879년 작품명이다. 입센은 아내이고 어머니이기 이전에 한 사람의 인간으로 살겠다는 주인공 노라의 각성과정을 그려 세계적인 반향을 불러 일으켰다. 입센의 인형의 집을 모티프로 한 나혜석의 「인형의 집」은 다른 첨언이 필요 없는 시라 하겠다.

나혜석은 이 작품을 발표 할 때 김우영과 결혼한지 1년 밖에 안 된 신혼기였으나 10년 후에 닥쳐올 이혼을 예견하고 있는 듯 자신의 마음을 바쳐 사랑하는 사람 앞에서만 값 있는 생이라고 말한다. 그리고 모든 소녀들에게 사랑을 위해 몸을 바치라고 주문한다. 온갖 역경을 지난 다음에야 진정한 인간으로 다시 태어날 수 있다고 외친다. 여기서 사랑이란 좀더 넓은 의미의 범애적 사랑을 뜻하고 있음이 자명하다. 여성해방을 부르

짓는 그녀가 통속적인 사랑을 위해 자신을 따르라고 주문하지
는 않았을 것이다. 봉건사회의 타파와 함께 여성의 사회적 진
출을 자신의 사명으로 인식하고 있는 깨어 있는 의식이 심상치
않게 드러나는 작품이나 문학적 완성도는 그녀의 다른 작품에
비해 떨어지는 편이다. 이제 나혜석이 『폐허』지에 야심차게 발
표한 〈砂〉를 읽어보자.

야원(野原) 가운데 깔려 있는 값없는

모래가 되고 보면

줍는 사람도 없이

바람 불면 먼지되고

비오면 진흙되고

인마에게 밟히면서도

싫다고도 못하고 이 세상에 있어

이따금 저 천변에

포공영, 야국화, 메꽃, 꽃다지꽃

피었다가 스러지면 흔적도 없이

뉘라서 찾아오랴

뉘라서 밟아주랴

모래가 되면 값도 없이

— 「砂」 전문

이 시에서 모래는 나혜석 자신을 상징한다. 자신의 삶을 의미 없는 모래에 비유했을 때 그녀를 감싸고 있는 허무의 그림자는 독자들에게 슬픔과 연민을 갖게 할지도 모른다. 그러나 좀 더 주의 깊은 독자라면 그녀는 결코 모래나 이름 없는 들꽃처럼 살 수 없다는 결연한 의지를 내보이고 있어 푸르른 칼날을 보는듯 서늘한 느낌을 갖게 될 것이다. 이러한 자기 성찰과 깨어 있는 의식은 인형의 집의 노라와 맥을 같이하는 것으로 당시 사회에 대한 선각자적 응전이며 도저한 행동양식일 수 있다.

나혜석 시의 일정한 수준을 유지하고 있다고 보여지는 이 작품도 설명적 진술과 한자어의 불편함이 걸리는 부분이다. 한자어 중 포공영은 민들레로, 야국화는 들국화로 고쳐 놓으면 훨씬 맛이 달라진다. 그러나 이 시를 단어의 선택과 결부지어 논의해서는 안 된다. 백성이 갖는 이미지를 모래알로, 그 백성들의 나약하고 짓눌린 정황을 이름 없는 들꽃으로 보아 이를 한탄하지 않고 극복하려는 초극의지가 돋보이는 작품인 것이다.

그녀는 가슴에 영원히 꺼지지 않고 타오르는 불꽃을 지니고 살아가고 있었으므로 닫힌 사회의 적들을 향해 늘 적의와 연민을 함께 느끼고 있었다고 보여진다. 그녀가 상징적 이미지를 중시하고 있었음에도 불구하고 시에서 느껴지는 떨림은 닫힌 사회에 대한 도전의 언사 때문일 것이다.

3

나혜석은 5편의 소설을 남긴 것으로 전하나 필자가 읽은 것은 1926년 『조선문단』 4월호에 발표된 「원한」과 1936년 『삼천리』 3월호에 발표된 「현숙」이라는 작품이다. 두 작품 모두 사실주의 기법을 차용하고 있기는 하나 사건 전개의 필연성이 부족하고 작중 인물의 성격이 선명하게 살아나지 못한 작품들이다.

단편소설은 삶의 단면이 보여주는 극적요소가 독자들에게 자기 반성의 고통을 수반케 하여 자신의 삶을 되돌아 볼 수 있게 하는 의도가 숨어 있기 마련인데 나혜석의 단편들은 지나치게 이야기의 줄거리만을 따라가고 있다. 그런가 하면 작중 인물의 심리적인 변화를 설명 위주로 이끌어나가고 있어 행위의 동기가 절실하게 드러나지 못하고 있다.

「원한」은 인생유전의 전형을 제시하고 있는 작품이다. 주인공 이소저는 봉건사회의 부잣집 무남독녀로 태어나 유모와 하인의 손끝에서 자라나 아버지 이판서의 죽마지우 김승지의 외동아들과 결혼하여 잘 살았으나 남편이 주색잡기에 빠져 방탕한 생활 끝에 병들어 죽자 독수공방을 지키게 된다. 이웃 사는 박참판이 젊은 과부 이소저에게 흑심을 품고 있다가 밤중에 몰래 숨어들어 이소저를 겁탈한다. 그후 박참판과 이소저가 밀회를 가지는 장면을 시아버지에게 들키게 되고 이소저는 쫓겨나 박참판의 셋째 소실이 된다. 잠시 박참판의 사랑을 독점 할 수 있었던 이소저는 박참판이 양머리한 신식 여자에게 빠지자 큰 마누라의 몸종이 되어 갖은 험한 일을 치루어내는 신세가 된다. 이소저는 박차판 집을 나와 장변 50원을 내어 광주리장사를 시작한다.

나혜석은 이 작품을 통해서 우리들에게 어떤 메시지를 전하려고 했던 것일까. 봉건체제의 질곡일까? 아니면 남성문화에 대한 증오일까? 그것도 아니라면 인간이 지니고 있는 동물적 본성일까? 나혜석은 이 작품속에서 일체의 도덕적 판단이나 윤리적 강요를 하지 않는다. 이와 같은 가치중립적인 작가의 태도는 독자들에게 다른 의도의 메시지가 있음을 암시하는 것이라는 생각이다.

그것은 바로 세월이 우리들에게 주는 상처를 말하고 싶었던 것이다. 「원한」에서의 인생유전은 어떤 폭력보다도 무서운 세월의 흐름이라는 폭력 앞에 무력한 인간의 삶을 드러내 보이고자 하는 작의가 깔린 것이다. 그러므로 소설 제목의 원한은 이소저의 박참판에 대한 원한이 아니라 인간의 세월에 대한 원한인 것이다. 세월 속에 우리들은 얼마나 마모되어가고 있는가.

4

나혜석은 자유스러운 영혼을 지닌 예술가이다. 그녀의 자유혼은 그녀의 예술세계를 지탱해 준 예술혼이다. 불꽃 같은 영혼을 지닌 개화기의 신여성 나혜석은 생이 곧 예술인 삶을 살다 갔다.

그녀는 마음속에 착함과 악함, 아름다움과 추함, 신과 악마, 슬픔과 기쁨, 현실과 이상, 무한과 유한, 부정과 긍정을 함께 지니고 살았다. 서로 상반된 이러한 정서는 그녀를 늘 고통스럽게 했다. 그 고통들이 승화되어 그림으로, 시로, 소설로 태어났다. 그녀는 1935년 2월 한 기자와의 인터뷰에서 다음과 같이 말한다.

"나의 한 가지 희망은 인간으로 자유스럽고 그리고 나의 마음껏 예술 창작으로 정진해보고 싶을 뿐입니다."그리고 3개월 후에 「아껴 무엇하리 ,청춘을」을 발표한다. 〈이미 간 청춘을/아끼지 않나니/청춘은 들떴었고/얇았었고/짧았던 것이오/나이 먹고보니/침착해지고/깊고/두렵고/길다/청춘을 헛되이 보내었던들/아끼지 않을 바 아니나/빈틈 없이 이용한 청춘을/아낄 무엇이 있으며/지난 청춘을 아껴 무엇하리오〉 그녀의 젊은 날을 이처럼 성취시킬 수 있었던 것은 그녀가 지닌 영혼의 자유스러움 때문일 것이다. 후회 없는 청춘을 살고 난 사람만이 지닐 수 있는 뿌듯함이 이 시에는 충만해 있다. 그렇다고 나혜석이 그의 생을 완성한 것은 아니다. 그녀는 자신에게 던졌던 질문보다 더 깊은 질문을 오늘의 우리들에게 던지고 있다. 인간은 얼마나 순수해 질 수 있는가.

오래된 몸, 오래된 슬픔

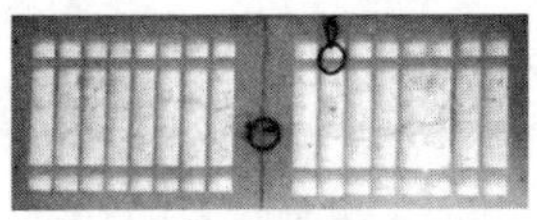 김명인 시인이 블라디보스토크의 대학에 교환교수로 가 있을 때 그는 막 오십을 바라보는 나이였다. 북국에서의 생활은 즐거운 것만은 아니어서 신산한 날이 많았던 것을 이 시편은 알게 한다. 나는 그가 블라디보스토크의 바닷가에서 거친 파도를 배경으로 바다낚시를 하고 있는 모습을 그려본다. 울진이 고향인 김명인 시인은 낚시의 달인이어서 어떤 기후 상황에서도 고기를 낚아 올리는 것이다. 그러나 이 시편은 바다낚시의 풍경이 아니라 그의 거실에서의 쓸쓸함이 묻어나는 풍경이다. 나는 이 시편을 읽으면서 그가 이제 세월의 무게를 느끼는 나이에 이르렀음을 확인한다.

사원을 지키던 수도승들은 이미 돌아갔다

무료와 허기에 기댄

이런 출분은 애초 내 뜻이 아니었다. 마음이

풍경을 얻어 스스로의 완성으로 나아간

흔적을 언제 발견했던가

부두 근처 열병합 발전소 굴뚝이

하루의 노역을 바다 쪽에서 육지 쪽으로 옮겨놓는 시간

창 밖으로 보면 만곡을 휘어 앉힌 건너편 반도가

수평선 위로 솟아

저녁으로 내다 걸리는 노을은 아름다웠다. 그러나 한 폭

담채화에 담겨 혼자 먹는 식사 끝

더한 공복 참아내려고

모래밥 씹을 때, 눈물 솟구쳐

생각커니 왜 나는 불혹도 지나

저 세미한 연기의 변화에만 집착하는지

날새들 떠다밀고 사라지는 황혼 저편으로

축축히 젖어오며 별들, 한 등 두 등

사원의 추녀 끝으로 번져갈 때

늙어버린 세상

속의 고요함이여, 혼자 고립된 여섯 달 동안 내 방은

이런 일몰로부터 더욱 먼 곳으로

날마다 저를 떠매고 떠났어야 하리라

길은 땅거미로 얽혀져, 나는

그리운 사람들 두고서

너무 멀리 벗어나왔다!

저 적조와 적막에도 길들여 유폐의

시절 깊었다는 것을 사원은,

몸은 새삼 기록이나 할까.

— 김명인의 「오래된 사원」 전문

김명인 시인의 시는 언제나 비애스러움으로 읽힌다. 한 풍경이 그의 시를 통과하면서 슬픔으로 몸빛을 바꾸고, 한 그리움이 그의 시를 통과하면서 슬픔으로 몸빛을 바꾼다. 김명인 시인의 시의 정조를 이루는 이 비애는 그가 바라보는 모든 것들을 슬픔으로 채색하여 나를 사로잡는다.

『현대시』8월호에 발표된「오래된 사원」도 예외는 아니어서 마지막 행을 벗어나는 나를 왈칵 소리 없는 통곡으로 이끌어 들인다. 그는 지금 일몰의 어느 낯선 땅, 열병합 발전소가 보이는 오래된 사원 근처의 유폐된 방에 홀로 앉아 있다. 사원이라는 표현은 언어적 환기를 노린 표현이라기보다는 시적 화자가 이방인으로 놓여 있다는 정황을 말하고자 함일 것이다. 이 배경만으로 그는 쓸쓸하고 서럽다. 사원은 퇴락 할대로 퇴락하여 머지않아 적멸보궁에 들게 될 터이고 사원이 퇴락해 간 오랜 시간의 켜켜에는 수도자들의 회향의 발자국이 눈물겨운 모습으로 묻혀 있을 터이다.

〈마음이/풍경을 얻어 스스로의 완성으로 나아간/흔적을〉 발견하지 못하는 그는 퇴락한 사원의 뜰을 보며 〈무료와 허기에 기댄〉 채 앉아 있는 것이다. 애초 그의 출분은 마음이 풍경을 얻어 스스로의 완성으로 나아갈 수 있기를 기대한 출분이었으나 모국을 등지고 찾아간 북국의 동토에서도 번뇌와 미혹을 벗어나고 있지 못한 것이다.

사원을 지키던 수도승들은 이미 돌아갔다
무료와 허기에 기댄
이런 출분은 애초 내 뜻이 아니었다. 마음이
풍경을 얻어 스스로의 완성으로 나아간

마음이 풍경을 얻어 모국의 산을 이루고 강을 이루고 마을을 이루고 그곳에 터를 잡아 살아가는 사람들의 삶을 이루는 모습을, 그리하여 마음이 존재의 중심이 되고 깨달음의 중심이 되고 마침내 우주의 중심에 이르는 모습을 그는 아직 발견하지 못한 것이다. 그가 놓아준 마음은 이미 풍경을 얻어 이 모든 것들을 이루고 있었을지도 모른다. 마음이 우주의 완성에 이르러 우리들을 내려다보고 있을지라도 마음이 움직여간 궤적을 따라가지 못한다면 우리들의 출분은 좀더 오래 무료와 허기에 기댈 수밖에 없을 것이다. 그렇다면 정토회향을 꿈꾸는 마음으로부터 도망치려고 발버둥치는 꼴로 뒤엉켜 우리들은 마음을 상처내고 병들게 하고 있는 것은 아닌지 모른다.

부두 근처 열병합 발전소 굴뚝이
하루의 노역을 바다 쪽에서 육지 쪽으로 옮겨놓는 시간
창 밖으로 보면 만곡을 휘어 앉힌 건너편 반도가
수평선 위로 솟아
저녁으로 내다 걸리는 노을은 아름다웠다. 그러나 한 폭
담채화에 담겨 혼자 먹는 식사 끝
더한 공복 참아내려고

모래밥 씹을 때, 눈물 솟구쳐
생각커니 왜 나는 불혹도 지나
저 세미한 연기의 변화에는 집착하는지

일몰의 시간은 서럽도록 아름다워 시인의 향수를 더욱 깊게 이끌고 갔을 것이다. 노을이 지고 북국의 밤이 시작되면 부두와 근처의 열병합 발전소와 건너편 반도와 수평선이 한 폭의 담채화로 바뀌고 시인은 혼자 먹는 식사를 시작한다. 이때의 밥은 울컥한 그리움이고 불혹의 나이를 건너온 세월이었을 것이다. 그리고 열병합 발전소의 굴뚝에서 오르는 세미한 연기에 묶인 시인의 마음이었을 것이다. 마음은 연기처럼 정처 없고 가늘고 아름다운 것이 아니던가. 여기서 우리는 마음이 마음에 잡히는 것이 눈물임을 알게 된다.

그 눈물로 〈축축히 젖어오며 별들 한 등 두 등 / 사원의 추녀 끝으로 번져갈 때 / 늙어버린 세상〉은 바로 시인 자신의 모습일 것이다. 시인의 몸속으로 어둠 들고 어둠 밝히는 젖은 별들 돋아나 그 별빛으로 이미 오래된 사원인 몸의 추녀 끝에 한 등 두 등, 눈물의 별빛 등을 달아나갈 때 늙어버린 몸의 고요함이 뼈에 사무친다.

날새들 떠다밀고 사라지는 황혼 저편으로
축축히 젖어오며 별들, 한 등 두 등

사원의 추녀 끝으로 번져갈 때

늙어버린 세상

속의 고요함이여, 혼자 고립된 여섯 달 동안 내 방은

이런 일몰로부터 더욱 먼 곳으로

날마다 저를 떠매고 떠났어야 하리라

시인의 방은 외부와 단절된 유폐의 정신적 공간이다. 생경한 북국의 언어 속에 섬처럼 떠 있는 모국어의 공간이기도 한 그의 방은 연해주 시편의 산실이기도 하고 유일한 사유와 삶의 공간이기도 했을 것이다. 그러므로 살아 있는 공간이어서 북국의 여섯 달 동안 고립무원의 외로움에서 그를 구원해준 공간이 그의 방이었을 것이다. 방은 그의 내면의 세계여서 그와 함께 일몰의 시간마다 방 스스로를 떠매고 더욱 먼 외로움 속으로 길을 떠났을 것이다.

소멸의 이미지가 두드러진 〈날새들 떠다밀고 사라지는 황혼 저켠으로 / 축축히 젖어오며 별들 한 등 두 등 / 사원의 추녀 끝으로 번져갈 때 / 늙어버린 세상 / 속의 고요함이여, 혼자 고립된 여섯 달 동안 내방은 / 이런 일몰로부터 더욱 먼 곳으로 / 날마다 저를 떠매고 떠났어야 하리라〉에 이르러 나는 비애의 정점에 서서 흑 하고 복받쳐오르는 감정을 삼키게 된다. 늙어 소멸하는 몸의 비극적 아름다움이 너무 생생하기 때문이다.

　몸이 늙어갈수록 그리움은 젊어진다. 이미 수도승들이 떠난 늙은 사원이 된 몸이 적조와 적막에 길들여져 한 시절 유폐의 세월을 살아갔다 한들 누가 그것을 기억할 것인가.

　　길은 땅거미로 얽혀져, 나는
　　그리운 사람들 두고서
　　너무 멀리 벗어나왔다!
　　저 적조와 적막에도 길들여 유폐의
　　시절 깊었다는 것을 사원은,
　　몸은 새삼 기록이나 할까.

　땅거미로 얽혀진 길은 누가 찾아올 길은 아니다. 그 길은 소멸의 길이어서 그리움을 묻어야 할 길이다. 새순 돋듯 하는 그리움을 묻어야 하는 소멸의 길은 늙은 독자들일수록 절절하게 가슴으로 나게 마련이다. 그리운 사람들과의 떨어져 있음과 죽음 같은 고요함이 저 오래된 사원에 투사되고 오래된 사원에 그의 몸이 얹힌다.

　김명인 시인의 「오래된 사원」은 이렇게 오래된 몸의 슬픔과 오래된 사람의 그리움으로 교직된 비애를 드러내며 우리들이 본향으로부터 멀리 떠나와 있음을 깨닫게 된다. 이제 그도 오십을 넘겼다. 나는 그와의 교분을 소중하게 생각한다.

불효의 댓잎들

신부 남궁유숙 양은 주례 앞에서 마스카라가 지워질 만큼 울었다. 나는 주례사를 어떻게 했는지 기억나지 않는다. 신부 화장이 걱정되었던 것이다. 신랑 윤의섭 군은 입이 귀까지 올라가 있는 것으로 보아 신부의 눈물은 보이지 않는 듯했다. 주례석에서 보니 조창환 시인이 동부인해서 참석하고 있었다. 윤의섭 군의 지도 교수였으니까 주례는 나보다 조창환 시인이 적격이었을 것이다. 나는 두 사람을 직접 가르쳤다는 이유로 주례를 서게 된 것이기는 하지만 조창환 시인에게 좀 미안한 마음이 들기도 했다.

윤의섭 군은 아주대학교 국어국문학과 2학년이었고 남궁유숙 양은 수원간호여자대학 간호학과 2학년이었다. 두 사람은 〈시마루〉에서 함께 공부했다. 나는 그때 〈시마루〉에서 공부하는 후학들을 이끌고 있었다. 한 주일에 한번 만나는 〈시마루〉 멤버들은 〈도시로〉에 모여서 뜨거운 토론을 벌리기 일쑤였다. 토론이 끝날 때 쯤 되면 의섭 군은 유숙 양을 버스정류장까지 배웅하고 돌아왔다. 나는 그 모습이 아름답다고 생각하고 있었다. 의섭 군은 〈시마루〉의 리더였으니까 리더의 당연한 역할이라고 생각했던 것이다. 그렇게 몇 년이 흘렀다. 윤의섭 군은 〈문학과 사회〉를 통해서 등단하고 다른 멤버들은 좀 지지부진하고 있었다. 유숙 양은 졸업하자 곧 병원에 취직이 되었다.

두 젊은이가 내 집을 방문하겠다고 해서 인사차 들르는 줄 알았는데 결혼 날짜를 잡고 주례를 부탁하러 온 것이었다. 나는 기꺼이 두 젊은이들의 앞날을 축복하기로 했다. 두 사람은 첫딸을 낳았다. 첫딸 이름이 시명이었다. 아마도 시를 밝힌다는 의미일 것이다. 그 아이가 이제는 예닐곱은 되었을 것이다. 세월은 그렇게 빠른 것이다.

윤의섭 시인은 죽음의 이미지를 즐겨 사용하고 있는 시인이다. 그의 독특한 시세계는 이미 문단에서 확실한 자리매김이 가능하게 했다. 그가 말하는 죽음은 우리들의 일상 같은 것이어서 더욱 섬뜩하다. 아무렇지도 않게 죽음을 말하는 그의 시를 읽고 있노라면 나는 이하 시인이 떠오른다. 아마도 윤의섭 시인에게 이하를 읽으라고 권한 것도 나인 듯 싶다.

그건 자식에게 부탁해 보내진 질긴 끈이었다

혼자 살던 할머니가 방에서 목을 매었다

발끝과 방바닥 사이는 한 뼘이 남아 있었다

영원히 닿을 수 없는 거리를

천장에서 몸으로 이어내려봤자

발붙이지 못한 게다

댓잎이 창문에 비쳤다

그 날렵한 잎날은 눈이 달렸는지

머리맡에서 정확히 겨냥하고 있었다

나는 창문에 비친

칼을 들고 서 있는 한 사람의 손목을 본다

칼날을 땅 위로 솟구쳐올리는

기름진 흙덩이가 무덤에서 흘러와

흔한 바람소리에 흔한 검무를 춘다

세상의 한끝에 매달린

사람의 집으로 세상이 파고든다

조금의 틈이라도 메워버린다

할머니의 한 뼘 남아 있던 기다림이 풀려내려졌고

풀썩 다가오지 못한 나날의 먼지가 일었다

댓잎을 보고 도망친 사람이 와보니 그랬다

* 첫날 밤 댓잎을 칼로 보고 도망친 전설이 있다

— 윤의섭의 「다가올 나날이 나를 기다린 채

먼지로 앉아 있겠지」 전문

(문학과 사회 1995년 가을호)

　　신예 윤의섭 시인의 시들은 죽음의 통과의례와 깊은 관련을 갖는다. 죽음은 우리들이 거쳐야 할 마지막 의례이며 내세로 드는 새로운 문이다. 그러므로 윤의섭 시인의 '죽음'은 소멸과 종언의 의례가 아니라 환생과 회향의 의례이다. 그가 추구하고자 하는 것은 생의 본질이며 삶과 죽음으로 구분 될 수 없는 영혼의 비의적인 모습이다.

　　『문학과 사회』 가을호에 발표된 그의 다섯 편의 시들도 한결같이 죽음을 노래한 시들이다. 「말괄량이 삐삐」에서는 아직은 구원에 이르지 못한 삐삐의 죽음과 그녀의 말괄량이 짓거리가 몰고 다니는 슬픔을, 「체온이 39도일 무렵」에서는 감기 몸살로 상승되는 체온이 겨우 2.5도의 정상 체온과의 차이로 또 다른 시적화자가 탄생되는 순간 죽음에 이를지도 모른다는 공포를,「樓蘭의 美小女」에서는 누란에서 발견된 6천년 전의 이국 소녀의 미라를 통해 본 시공의 뛰어넘기를,「弔鍾」에서는 이장 당하는 텅 빈 몸뚱이의 멀고 먼 곳으로부터의 긴 여정을 노래하고 있다.

그가 이처럼 죽음을 집요하게 노래하는 것은 죽음을 삶의 한 양태로 파악하고 있기 때문으로 보여진다. 죽음만이 모든 허위로부터 자유스러워져 이 풍진 세상을 힘겹게 건너 왔던 한 인간이 가장 진실한 모습으로 돌아간다고 생각하고 있는지도 모른다. 그러므로 죽음은 언제나 아름다운 것이어서 그의 서정적 자아로 하여금 생의 연장선 위에 죽음을 자리하게 하는 것이다. 윤의섭 시인의 시에서의 죽음은 어두움과 막막함, 통곡과 비탄 위에 있지 않고 밝음과 담담한, 침묵과 고요 위에 있다. 이는 이 시인이 죽음을 삶과 한 몸으로 파악하고 있다는 증거이며 그의 내세관을 짐작하게 하는 단서가 된다.

함께 발표된「다가올 나날이 나를 기다린 채 먼지로 앉아 있겠지」에서의 죽음은 어둡고 비통하다는 데서 그의 다른 죽음의 시들과 구별된다. 이 시의 서사구조는 이렇다. 한 노파가 그녀의 희망인 아들과 궁핍한 살림을 살아간다. 아들은 희망 없는 생활을 버리고 가출을 한다. 노파는 오매불망 아들이 돌아오기

를 기다린다. 아들은 돌아오지 않는다. 노파는 불효자식이 보내 준 질긴 끈으로 목매어 자살을 하고 노파가 자살한 안방의 한지 창으로 날카로운 댓잎 그림자가 어른거린다. 늙은 어머니를 두고 가출했던 자식이 돌아와 보니 어머니의 기다림은 재가되어 있었다.

이 시에서 기다림은 죽음과 등식을 이루고 댓잎은 생명과 등식을 이룬다. 그러므로 기다림은 댓잎에 대응되고 죽음은 생명에 대응되어 초월을 지향한다. 어머니의 비통한 죽음을 딛고 아들이 돌아 왔음을 암시한 마지막 행이 이 시가 한에 머무르지 않은 초월지향의 시임을 드러낸다.

그건 자식에게 부탁해 보내진 질긴 끈이었다
혼자 살던 할머니가 방에서 목을 매었다
발끝과 방바닥 사이에는 한 뼘이 남아 있었다
영원히 닿을 수 없는 거리를
천장에서 몸으로 이어내려봤자
발붙이지 못한 게다

노파가 목 맨 끈은 자식이 보내 준 끈이다. 그것도 질긴 끈이다. 혈육 간의 보이지 않는 끈이야 말로 질기고 질긴 것이어서 죽음의 소도구를 아들에게 부탁할 수밖에 없었을 것이다.

이불효막지한 놈아 차라리 네 손으로 에미의 목을 졸라다오.
노파는 이런 심정이었을 것이다. 그렇지 않다면 하필 목 맬 끈
을 자식에게 부탁 했겠는가. 첫 행의 〈끈〉은 이처럼 강렬한 이
미지를 가지고 독자를 파고든다. 노파의 죽음의 끈은 곧 삶의
끈이어서 한 뼘만 더 길었다면 생명의 지평인 방바닥에 닿을
수 있었을 것이다. 그러므로 끈의 끝에는 불효한 자식이 있고
자식으로 표상되는 삶이 있다. 끈이 갖는 이러한 중첩 이미지
가 이 시의 도입부분을 매우 강열한 인상과 울림을 지니게 한
다. 그리고 그 죽음이 매우 비통한 죽음임을 알게 한다.

> 댓잎이 창문에 비쳤다
> 그 날렵한 잎날은 눈이 달렸는지
> 머리맡에서 정확히 겨냥하고 있었다
> 나는 창문에 비친
> 칼을 들고 서 있는 한 사람의 손목을 본다
> 칼날을 땅 위로 솟구쳐올리는
> 기름진 흙덩이가 무덤에서 흘러와
> 흔한 바람소리에 흔한 검무를 춘다

  시적 화자가 본 죽음의 현장에는 댓잎이 있었다. 댓잎 그림
자가 정확하게 죽은 노파의 정수리를 겨냥하고 있었다. 그것은

댓잎 그림자가 아니라 가출한 아들이 어머니를 향해서 겨누고 있는 칼이었다. 존속 살해의 패륜적 악행은 그러나 먼저 무덤에 이른 죽은 선대들의 부추김임을 깨닫는다. 칼날 즉 댓잎을 피워올린 것은 기름진 무덤의 흙이며 선대의 살과 뼈와 정한이 썩어 자양이 풍부한 거름흙이 된 것이다. 그러므로 자식은 부모가 그려낸 자화상이다. 이 깨달음에 이르기까지 윤의섭 시인 또한 숱한 반항과 일탈로 부모의 그림 그리기를 방해해 왔을 것이다. 그리고 그의 무의식 속에서 존속 살해의 칼날을 들이대고 있는지도 모른다. 아니다. 모든 독자들이 그럴 것이다. 이 시의 감동의 원천이 거기에 있는 것이다.

세상의 한끝에 매달린
사람의 집으로 세상이 파고든다

늙은 어머니는 외롭고 쓸쓸한 삶을 기다림에 매달려 견디어 왔다. 그녀의 자살은 세상의 잠깐 동안의 추문이 되어 그녀의 집으로 몰려들어 기다림의 통한의 틈조차 메꾸어버리고 만다. 그것이 세상이다.

윤의섭 시의 「다가올……」은 우리들에게 깨달음을 주는 고통스런 시이다. 좋은 시가 갖는 덕목을 갖춘 시이다. 그의 좀 불편한 문법을 해독하기란 그렇게 어려운 일이 아니므로.

폐쇄적 자아의 길트기

괴롭고도 큰 나이구나 서른셋
슬픔으로 슬픔을 해탈할 나이 서른셋
서른세 번의 봄이 와도
몸은 시베리아일 수 있느냐

물항아리에 잠긴 세상과 내 얼굴을 꺼내 읽고
그것이 한 다발 시의 심장으로 피게
나는 긴 밤으로 유배돼 왔다

일생은 가슴에 횃불 하나 심어
순교하듯 일하고

사랑하는 이의 몸 속에 가을무덤을 파는 것

가라앉은 밤바다에

온몸으로 저무는 것이다

나는 고된 노동 끝에 떠오른

밤의 만월로 언 몸을 밝히고

사람을 그리워하기 위해 사람으로부터 떠나며

세계를 그리워하기 위해 강철 밤바다에 창을 뚫는다

목숨을 끊고 싶도록 쓸쓸한 밤에

꿈 속에서 뛰어나오는 야생의 아이들은

폐허에서 죽은 자들을 불러 노래부른다

— 신현림의 「유배된 시인」 전문

『현대시학 10월호』

　신현림의 시어들은 활달하여 거침이 없다. 거칠기까지 한 그녀의 시어들은 살아 있는 물고기를 연상시킨다. 물살을 가르며 상류로 상류로 거슬러 올라가는 한 마리의 연어가 보여주는 무한한 생명력과 힘을 느끼게 한다. 이 생명력과 힘은 그녀의 시어가 갖는 미덕으로 폐쇄적 자아로부터 사회적 자아로 옮겨가기 위한 격정적 어법의 소산이다.

　그렇다. 그녀의 시어들은 닫힌 공간으로부터 열린 공간으로 옮겨가기 위한 고통스런 몸짓 위에 있다. 그녀의 시어들이 급류를 거슬러 올라 자기 구원에 이를지는 누구도 모른다. 분명한 것은 아직도 그녀가 자기 구원의 급류타기를 계속하고 있다는 것이며 절망으로부터 탈출하지 못하고 있다는 것이다.

　『현대시학』 10 월호에 발표된 「유배된 시인」은 그녀의 급류타기가 얼마나 힘겨운 것이며 얼마나 절망적인 것인지를 느끼게 하는 작품이다. 그녀의 폐쇄적 자아가 끌어안고 있는 외로움과 쓸쓸함, 우울함과 서러움, 공허함과 고통스러움, 흑암과 죽음은 그녀의 시세계의 기본적인 정조를 이룬다.

　「유배된 시인」에서 보여주는 괴로움, 슬픔, 시베리아, 잠긴 세상, 긴 밤, 유배, 언 몸, 밤바다, 쓸쓸한 밤, 폐허, 죽은 자들 등의 시어들이 갖는 이미지는 생에 대한 환희가 아니라 절망의 부정적인 이미지들이다. 그러나 「유배된 시인」은 좌절과 절망에 우는 시가 아니다. 이 시는 자기 구원을 위한 깨달음과 초극, 부활과 초월을 노래한 시이다.

　　괴롭고도 큰 나이구나 서른셋
　　슬픔으로 슬픔을 해탈할 나이 서른셋
　　서른세 번의 봄이 와도
　　몸은 시베리아일 수 있느냐

그녀의 나이가 어느덧 서른 셋에 이르렀던가. 〈괴로웠으나 행복했던 사나이〉 예수의 나이 서른 셋이던가. 서른 셋의 나이는 의미심장한 나이이다. 깨달음이 큰 나이 서른 셋, 백팔번뇌를 초탈할 나이 서른 셋, 그러나 신현림의 서른 셋은 한 슬픔이 또 한 슬픔을 데불고 나타나는 서른 셋이며 봄이 와도 처녀의 마음에 아지랑이 일지 않는 동토의 서른 셋이다.

나는 연민으로 이 연을 읽으며 함께 절망한다. 우리들에게 진정한 봄은 올 것인가. 서른세 번이 아니라 마흔네 번 봄이 온대도 동토는 풀리지 않고 몸은 얼어 가슴속 결빙의 핏자국 더욱 선연해 지는 것은 아닌지. 깨달음은 더디고 세월은 빨라 세상과의 불화는 더욱더 골 깊어지고 우리들은 언 땅 속에 개구리처럼 웅크리고 있는 것은 아닌지.

　　물항아리에 담긴 세상과 내 얼굴을 꺼내 읽고

그것이 한 다발 시의 심장으로 피게
나는 긴 밤으로 유배돼 왔다

나르시스적 폐쇄 세계에 그녀는 유배되어 왔다. 그녀는 물항아리처럼 작고 깊고 외진 공간에 그녀의 시세계를 펼친다. 그곳은 그녀의 온갖 상상력이 역동적으로 작용하는 창조적 세계이며 그녀의 감성의 무한한 지평이 열리는 소우주이다. 그 소우주에서의 상주야말로 창조주로서의 환희로운 노역이며 세속 도시로부터의 유배이다. 시의 고통은 자학의 피맛 같은 환희를 동반한다는 것을 신현림 시인은 이미 알아버린 것이다. 그러므로 그녀의 유배는 자학의 유배이며 창조적 행위를 위한 고통의 환희이다.

그리고 그녀는 우리들에게 잠언적인 아포리즘 하나를 던진다.

일생은 가슴에 횃불 하나 심어
순교하듯 일하고
사랑하는 이의 몸 속에 가을무덤을 파는 것
가라앉은 밤바다에
온몸으로 저무는 것이다

이 아포리즘은 생에 대한 진지함과 사랑에 대한 지순함을 담고 있어 무릇 살아 있는 자들이 걸어가야 하는 반듯하고 아름다운 길을 가르킨다. 이러한 삶에 대한 인식 위에 그녀가 어떤 시적 삶을 살고 있는지 자못 흥미롭다.

나는 고된 노동 끝에 떠오른
밥의 만월로 언 몸을 밝히고
사람을 그리워하기 위해 사람으로부터 떠나며
세계를 끌어안기 위해 강철 밤바다에 창을 뚫는다

그녀의 서른 세 살 언 몸을 녹이는 것은 고된 노동 끝의 맛나는 밥이 주는 에너지이다. 노동은 신성한 것이며 사회적 기대와 역할이다. 폐쇄적 자아가 노동이라는 사회적 역할을 통해 사회적 자아로 전이되고 있음을 알 수 있다. 이는 또한 자기 구원의 치열한 몸짓이다. 그리고 사랑하기 위해 사람을 떠나며 〈세계를 끌어안기 위해 강철 밤바다에 창을 뚫는다〉. 3연에서 죽음의 의미로 파악되고 있던 가라앉은 밤바다는 도전과 극복의 대상인 강철 밤바다로 바뀐다. 폐쇄적 자아가 사회적 관계를 획득하면서 얻게 되는 에너지를 통해 창조적 도전을 하고 있는 시인의 모습은 숭고해 보인다. 그러나 유배로부터의 탈출로서의 사회적 환원과 창조적 작업을 위한 재유배의 끊임없는 순환은 그녀의 영혼을 외롭고 쓸쓸하게 한다. 〈꿈속에서 뛰어나오는 야생의 아이들은〉 프로이드식으로 말하면 그녀의 잠재적 의식이며 죽은 자들 또한 그녀 자신의 무의식속에 존재하고 있는 그녀의 분열된 자아들이다. 그러므로 여기에서의 노래는 진혼의 노래이며 환생의 노래이다. 그녀는 수없이 죽어갈 것이며 수없이 살아날 것이므로.

다시 말하거니와 「유배된 시인」은 신현림 시인의 시세계의 기본 정조인 절망과 구원, 삶과 죽음, 좌절과 초월을 극명하게 보여주고 있어 읽을 맛 나는 시이다.

장고항 이야기

해가 바뀌면 장고항에 가리라. 몸이 작은 할머니를 만났던 장고항은 알려지지 않은 서해안의 작은 포구이다. 언제나 조용하고 수줍은 장고항은 내게 하나의 비의였다. 할머니를 통해 내게 생의 외경스러움을 보여주었던 장고항은 늘 나를 설레게 한다.

새해가 되자마자 마음은 이미 장고항을 향해 달려나갔다. 나는 서둘러 길 위에 마음을 얹는다. 길은 서로를 부르기도 하고 보내기도 하며 서으로 달린다. 길은 완만한 곡선을 그리기도 하고 산자락을 비껴가기도 하면서 투명한 겨울햇살을 받아 출렁인다. 길은 저 출렁임 때문에 누구에게나 설레임일 것이다. 길은 출렁출렁 구릉을 넘으며 명상에 든 겨울 벌판을 흔들

어 깨우고 마른 수로에 머물고 있는 언바람을 불러 일으키며 달린다. 그렇게 달려나가던 길이 제 길을 버리고 오른쪽으로 꺾어들어 한 마장쯤을 가면 은자처럼 수줍고 조용한 장고항에 이른다.

장고항은 해무가 잦다. 오늘도 해무가 바다를 지우며 흐른다. 해무는 어선을 지우며 갈매기를 지우며 움직이는 모든 것들을 지우며 흐른다. 해무는 필경 할머니의 한생도 지우며 흐르다 할머니가 갯벌에 굴을 따러 나오면 아프도록 선명한 기억으로 되돌려 주었을 것이다. 할머니에게 장고항은 기쁨이며 희망이고 한숨이며 배반이었을 것이다. 해무에 일생을 지우며 되살리며 어선이 낡아가듯 젊음이 낡아갔을 것이다. 물이 썰고 난 후 아낙들이 갯벌로 달려나가 굴을 따기 시작할 때쯤 해무는 서서히 걷힌다. 해무가 걷히면서 포구에 정박해 있는 어선들이 몸빛을 되찾는다. 어선들은 이 겨울을 서로의 어깨를 찾

아 기대면서 견딜 심산인지 끼룩거리는 갈매기 울음에는 미동도 하지 않는다. 어선들은 낡아 갔지만 만선의 기억을 버리지 않는다.

험한 파도에 부대끼며 푸르른 물살을 가르던 젊은 날의 귀항은 늘 만선이어서 포구는 날마다 축제였다. 아낙들은 선창에 나와 기다리고 선주들은 대낮부터 벌겋게 취해 있었다. 쪼무라기들은 소리를 지르고 선창을 찾아 날아든 부나비들은 고운 화장을 하고 배를 기다렸다. 그런 날은 아낙들도 술집 작부들을 흘겨보지 않았다. 만선은 모두를 넉넉하게 만들었던 것이다.

이제 장고항은 만선도 없지만 술집 작부들도 떠났다. 조용히 익어가는 시간이 있을 뿐, 해무가 포구를 지우며 흐르고 세월은 해무를 지우며 흘러 선대의 어선들이 늙어갔을 것이다.

굴 따는 아낙들의 손길이 바빠지고 겨울 장고항은 주춤거리며 일몰을 향해 간다. 아낙들 사이에서 할머니가 일어나 먼 바다를 본다. 몸이 작은 할머니는 바다를 뒤로하고 천천히 발길을 옮긴다. 발걸음이 느리다. 조심조심 굴껍질을 밟고 나오는 할머니의 허리가 굽었다. 나는 무성영화의 화면을 보듯 소리가 사라진 할머니의 길을 보며 할머니를 기다린다. 오랜 시간을 걸어 갯벌을 벗어난 할머니의 손에는 검은 비닐봉지가 들려 있었다. 비닐봉지 속에는 할머니가 딴 굴이 파랗게 질려 있다.

할머니는 해안도로에 올라 휘이하는 휘파람소리를 냈다. 붉은 해가 할머니의 가냘픈 어깨에 걸린다. 할머니의 얼굴이 붉게 물든다. 내게 검은 굴봉지를 건네며 할머니는 수줍은 미소를 머금는다. 고마운 일이지, 고맙고 말고. 할머니는 연신 고맙다는 말을 한다. 살아 있음의 고마움, 먹을 수 있음의 고마움, 입을 수 있음의 고마움, 일 할 수 있음의 고마움, 사람을 만날 수 있음의 고마움이 뼈에 사무치는 듯 하다. 발걸음을 돌려 마을로 올라가는 할머니의 뒷모습이 외경스럽다. 자그마한 뒷모습이 담고 있는 생의 아름다움이 감동으로 온다. 살아 있다는 것은 희망이며 작은 성공이다. 커다랗고 붉은 해가 수평선에 걸린다. 서해의 낙조는 장엄하고 비극적이다. 서녘 하늘을 붉게 물들이며 조용하고 수줍은 장고항으로 쿵하고 해가 진다. 시리고 아름다운 불길이 포구의 내항으로 확 번진다.

시대의 아픈 웃음

새벽 2시, 나는 조용히 서재를 나가 거실의 불을 켠다. 거실을 무겁게 채우고 있던 어둠이 와르르 밀려나간다. 거실을 밀려나간 어둠이 창밖의 어둠과 몸을 섞는다. 어둠은 창밖에서 나를 들여다보고 있다. 나는 잠시 어둠을 응시한다. 어둠은 깊은 사색에 든다. 나는 권용택 화백의 옥잠난초꽃 앞에 선다. 옥잠난초꽃은 짙푸른 수풀 속에 함초롬히 피어 있다. 순백의 꽃잎들이 밤새 이슬을 불러모으고 있었는지도 모른다. 아니다. 옥잠난초꽃은 찢어진 화폭에서 불안에 떨고 있었을 것이다. 권용택 화백은 옥잠난초꽃을 통해서 휴전선의 아픔을 우리에게 전언하려고 화폭을 찢어놓는 파격적인 이중 구도를 택했을 것이다.

그러니까 이 그림 앞에 서면 먼저 옥잠난초꽃의 함초롬한 모습이 시선을 묶는다. 옥잠난초꽃은 화폭 가운데를 찢어제낀 속에 피어 있어 구도의 중심을 이룬다. 옥잠난초꽃의 함초롬한 모습에서 깨어나면 그 다음에 찢긴 화폭이 담고 있는 메시지를 읽게 된다. 찢긴 화폭은 휴전선 남방한계선의 철조망이다. 철조망에는 지뢰 매설 표시가 되어 있다. 멀리 원경으로 산줄기가 보이고 산줄기의 5부능선 쯤이 절개되어 붉은 황토를 드러내고 있다. 절개된 산하가 아프다. 휴전선의 모습을 사실에 가깝게 그리고 있는 화폭은 옥잠난초꽃의 함초롬한 분위기에 숨어 있지만 충격적이다. 철조망 옆에 잠자리 한 마리가 앉아 있다. 잠자리 한 마리가 주는 평화스러움이 철조망에 걸려 흔들린다. 권용택 화백의 계산된 배치일 것이다. 화폭의 전체적인 색조는 무거운 초록 계열이지만 우리의 현대사가 현재 진행형으로 펼쳐지고 있어 비극적인 힘을 느끼게 한다. 옥잠난초꽃에 겹쳐져 권용택 화백의 웃음 가득한 표정이 보인다. 아니다. 그의 울음 가득한 얼굴이 무겁게 겹쳐진다. 시대의 아픈 웃음이다.

나는 네번째 시집 『강 깊은 당신 편지』를 상자하고 나서 무력감에 빠져 시를 쓰지 못하고 있었다. 인식의 무력감이란 무서운 것이어서 일체의 감동과 사고가 중지된 듯한 시간을 힘겹게 밀고 있는 것 같았다. 사물들은 형체와 색상으로만 오고 본

질과 의미로 오지 않아 나는 마치 식물인간이 되어 있는 듯했다. 일체의 소리가 사라진듯 움직이는 모든 것들이 무성 영화를 보는 것 같았다. 두려운 일이었다. 한 권의 시집을 엮고나면 대개 잠시 동안의 허탈감을 갖는 것은 보통 있는 일이기는 했다. 나는 예의 그 허탈감이려니 하고 스스로를 위로 하고 있었다. 몇 달이 지나면서 나는 한 편의 시도 쓰지 못하고 있는 자신을 발견하고는 놀라고 말았다. 나는 의식이 사라진 침묵의 시간 속을 가고 있었던 것이다.

이러한 서정적 공동에 침몰되어 소리가 사라진 유리의 시간을 힘겹게 밀고 가고 있을 때 권용택 화백의 들꽃전이 열렸다. 아직은 신생의 문화촌이라고 말할 수밖에 없는 수원에서 권용택 화백은 고뇌하는 화가로 수원 화단을 이끌어온 중견이었다. 나는 그의 들꽃전을 보면서 마치 감전된 듯이 하나하나의 작품 앞에서 몸을 떨었다. 그가 그린 들꽃들은 둥글레꽃, 패랭이꽃, 인동초꽃, 조팝나무꽃, 제비꽃, 달맞이꽃 등이었다. 들꽃들은 들꽃 그대로 피어있는 것이 아니라 역사속에서 역사와 함께 피어 있어 그 모습이 더욱 서럽고 처연했다.

서럽고 처연한 그 꽃들이 무엇을 상징적으로 말하고 있는지를 깨닫는데 그리 오랜 시간이 걸리지는 않았다. 들꽃들이 만나는 역사란 고통스런 우리의 현대사였다. 나는 옥잠난초꽃 앞에 오랜 시간을 머물러 있었다. 나의 서정적 자아가 붉게 충혈

되어 화폭을 떠나지 못하게 잡고 있었다. 강제 입영 후 이유 모르는 죽음을 기억하고 있는 우리들은 그 암울한 시대의 소리 없는 동조자였을 것이다. 여기서부터 나의 시적 착상이 시작되고 있었다. 시대는, 역사는 늘 우리들에게 어떤 선택을 강요해오지 않았던가. 저 함초롬한 옥잠난초꽃이 품고 있는 보이지 않는 아픔이 굴욕의 시대를 건너온 우리들의 아픔과 만나고 있음을 나는 보았다. 그 통증은 상당한 시간이 흐른 후에 노래가 되어 나를 목메이게 했다.

나는 그 꽃을 권용택 화백 들꽃전에서 처음 보았다
화폭은 지뢰에 터져 옥잠난초꽃 사방으로 흩어지고
말잠자리 한 마리 높이 날아올라
흩어지는 꽃잎 어머니 가슴에 놓았다
비무장지대 옥잠난초꽃 한아름
안겨드리겠다던 웃음 가득한
지상의 네 마지막……

네 여자는 국화꽃 한송이로 너를 보내고
네 근육질의 몸 은근히 자랑스러워하신 아버지
참혹한 죽음 믿지 않으셨지만
너를 흩어지게 한 것은

옥잠난초꽃임을 나는 믿는다
죽음의 문턱까지 밀고 갔을 너의 막막함
옥잠난초꽃 흩어지는 화폭 저처럼 창백하니
　　　— 졸시 「웃음 가득한 지상의 네 마지막」 전문

　아직도 어둠은 사색에 들어 미동도 하지 않고 있다. 눈뜨지 않는 어둠을 이제는 내가 보고 있다. 누가 저 어둠을 깨울 것인가. 아니다. 어둠에 든 것은 나인지 모른다. 어둠이 눈 떠 미몽을 헤매고 있는 나를 깨우고 있는 것인지 모른다. 아니다. 어둠과 내가 한 몸이어서 함께 미몽을 헤매고 함께 눈 떠 있는 것인지 모른다. 어둠 속에서 권용택 화백이 웃고 있다. 김 시인 틀렸어요. 잠깨어 있는 것은 옥잠난초꽃이고 아직 미몽을 헤메고 있는 것은 우리들입니다. 역사는 잠들어 있는 모습을 보이는 법이 없다니까요. 권용택 화백의 웃음 가득한 표정 위에 별들이 쏟아져 내린다. 그렇다. 역사는 잠들지 못한다. 역사가 잠들지 못하므로 옥잠난초꽃 또한 잠들 수 없었을 것이다. 이처럼 한 밤에 깨어 이슬을 불러 모으고 있는 함초롬한 옥잠난초꽃이다. 역사의 증거이다.

3 부

그 눈부신 계절에 나는 길 위에 있었다.
길은 마음을 나서자 어디든지 거침없이 달려 나갔다.
마음을 나서기까지 주춤거리고 더듬거리던 길이었다.
길은 잠시 서로의 몸을 나누기도 하고 돌아서기도 하며
산모롱이를 돌고 개울을 건너고 벌판을 가로질러 달려 나갔다.

장승, 그 정토회향의 꿈

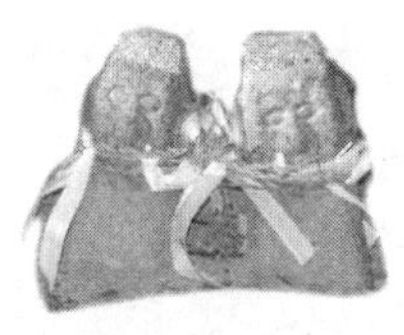

이 길의 끝에는 칠장사가 매달려 있을 것이다. 나는 자갈길을 오른다. 오월의 한낮은 길들을 적막속으로 끌고 간다. 칠현산 계곡 어디선가 소쩍새가 피를 토한다. 작고 아름다운 잎새들이 소쩍새 울음소리에 자지러진다. 그리고 긴 침묵이 계속된다. 나는 좁고 가파른 자갈길을 오른다.

이 길 위에 홍명희와 황석영이 잠시 걸음을 멈추고 서 있었을 것이다. 서서 저 눈부신 잎새들의 세미한 흔들림과 소쩍새 울음소리에 흩어지는 칠현산 등성이의 흰구름을 보았을 것이다. 신경림 시인은 칠장사의 고요가 좋아서 이길 위에 있었을 것이다. 그러나 그가 만난 것은 고요가 아니었을 것이다. 칠현

산 자락을 어기차게 돌아나오는 바람소리였을 것이다. 정진규 시인은 십년째 묵언을 하는 스님의 눈빛말을 듣기 위해 이 길 위에 있었을 것이다. 그러나 그가 들은 것은 자신의 속가슴에서 터지는 '할' 소리였을 것이다.

나는 그들이 비껴지나친 극락마을에 이른다. 내가 가고자 했던 곳은 칠장사가 아니고 극락마을이었다. 길은 극락마을에 이르러 잠시 주춤거리며 나를 내려 놓고 제 갈길로 가고 있다. 나는 길과 불화했으므로 언제나 길 위에서의 서성거림은 길을 괴롭게 하는 일이었을 것이다.

극락마을은 이름처럼 복된 마을이 아니어서 쇠락한 방구들이 스스로 내려 앉는 소리가 한낮에도 들리는 그런 마을이다.사람 떠난 빈집 뒤란에 먹감나무만 윤기 자르르한 잎들을 오월의 단바람에 맡기고 있어 더욱 적요하고 더욱 서러운 마을이다. 마을 어귀에서 관모가 떨어져나간 천하대장군이 쇠잔하고 쓸쓸한

158

표정으로 나를 맞는다. 나란히 서 있던 지하대장군이 무슨 심술이 났는지 비스듬이 쓰러져 나를 본척도 하지 않는다.

아니다. 저 묵묵한 표정은 사람을 맞는 표정은 아닌 것이다. 저 표정은 길 위에 세워 둔 사람을 돌아서 가게 하는 별리의 표정인 것이다. 나는 가슴이 저려온다. 저 장승이야 말로 쇠락해 가는 극락마을을 말없이 지키며 얼마나 많은 사람을 보냈던 것일까.

어디서 풍물소리가 환청처럼 들려온다. 나는 끊일듯 이어지는 풍물소리에 귀를 세운다. 산등성이를 넘는 영기의 끝자락이 남실거리는 듯도 하다. 환시일 것이다. 길 위에 서면 나는 길을 제 몸처럼 사랑했던 떠돌이들을 떠올린다. 사당패나 남사당패, 오광대패나 걸립패 등이 그들이다. 이제는 이농의 유랑민이나 도시 빈민, 아파트 단지를 돌며 난장을 벌이는 패거리 행상이나 일당 만원의 엑스트러들 또한 그들 아니겠는가. 아니다. 숨쉬기 힘든 직장을 하루에도 몇번씩 팽개치고는 슬며시 잡아드는 월급쟁이들, 그리하여 길 위에서 해 떨어지기를 기다리는 사람들 또한 그들일 것이다.

바람 따라

구름 따라

물길 따라

　　사람 따라

　　하염 없이 흘러온

　　서럽고 비천한 세월

「여사당 바우덕이」의 둘째마당 〈하염 없는 물길 몸길〉은 이렇게 시작 된다. 수 없이 많은 사람들을 떠나 보내면서 온몸으로 울었을 장승의 묵묵한 표정속으로 드는 길 위의 화두였던 것이다.

　　길에서 태를 가르고

　　길에서 배시시 솜털을 벗고

　　길에서 살아와

　　길은 밥이고 잠이며

　　길은 꿈이고 강이며

　　길은 정분이고 산맥이며

　　길은 장단이고 한숨이며

　　길은 가락이고 눈물이며

　　길은 너름이고 채찍이며

　　길은 버슴새였나니

나는 눈물이 왈칵 쏟아진다. 나는 장승의 허리를 잡는다. 그

地下大將軍
天下大將軍

래 내가 뭐랬더냐. 햇살 눈부신 날은 길 위에 서는 게 아니라 하지 않더냐. 천하대장군이 내게 타이르듯 말한다.

길은 어째서 마음을 달려나가 숲으로 들기도 하고 안개속으로 사라지기도 하며 이토록 사람을 서럽게 하는지 모르겠다.

장승은 그런 길을 지킨다. 달려오는 길을 맞으며 달려나가는 길을 보낸다. 어깨가 축처져 돌아오는 길을 말없이 껴안아주고 생기를 되찾아 활달한 걸음을 내딛는 길을 미소로 보낸다. 언젠가 다시 지쳐 돌아올지라도 또 다시 길의 힘겨운 어깨를 껴안아 주리라 생각한다.

장승은 그러므로 한 삶의 터전이며 마을의 숨결이며 애환이고 피붙이이다. 나는 천년을 두고 서서히 늙어가는 석장승보다 세운 사람과 함께 늙어가는 목장승이 좋다. 극락마을의 목장승은 지금쯤 풍화를 견디지 못하고 삭아져 땅속에 묻혔을 것이다. 장승을 세운 사람이 마을의 양지바른 곳에 유택을 마련한 것처럼 그도 사람들의 발길이 닿지 않는 곳에 자신의 영원한 거처를 마련했을 것이다.

떠돌이 인생들에게 길 안내를 해주며 유리걸식의 아픈 세월을 옛말로나 나누자고 묵묵한 웃음으로 보내고 맞던 장승이다. 유난히 눈부시고 눈부시던 그해 오월은 나를 길 위에서 오래도록 서럽게 했다. 극락마을을 떠나면서, 아니 장승곁을 떠나면서 나는 극락마을 사람들의 장승제를 기원했다. 이제 젊은이들은 찾아볼 수 없는 마을이어서 장승제를 주선하기도 만만치 않을 터이지만 극락마을을 떠난 젊은이들이 잠시라도 귀향해서 새로운 장승을 세우는 장승제가 열리기를 마음속으로 간절히 바랐던 것이다.

극락마을은 결국 우리들 모두가 돌아와 누워야할 정토회향의 땅 아니던가. 나의 『떠돌이의 노래』(창비.1990)에 수록된 「장승제」는 이런 배경을 가지고 쓰여졌다.

이 가난 물리어 주소서
이농의 수삼년
봉답에 불 내리사 흙가슴 태우고
황토바래기 완강한 칼바람
튼 살 찢었나니
질기고 질긴 가난
모진 목숨 부황에 띄워
달동네 별동네 정처없는
떠돌이 삶
이제는 풀어 주소서
도시의 변두리 기웃거리며
이농의 날품꾼으로 지게꾼으로
이농의 개백정으로 염쟁이로

이농의 뭍으로 떠돌다 돌아와

고향 땅 당산마루지키신

천하대장군 지하여장군

엎드려 비오니

이 불쌍한 떠돌이들 받아주시고

이 땅에 창궐하던 가난귀신 이농귀신

물리어 주시고

이 땅에 불 내리고 바람 들던

삼재 귀신 물리어 주시고

큰 웃음으로 내리소서

큰 웃음으로 내리소서

— 졸시「장승제」전문

고요하게 흐르는 시간의 강

나 자신을 의심치 않기 위해서는

이 거울을 마주하고 앉아 있지 않을 수 없었으므로

끝없이 두꺼워지는 천들 속에 시간의

가장 작은 알갱이조차

나는 소중하게 모아들였던 것이다.

— 말라르메

시인은 언제나 그 시대와 불화관계에 놓일 때 당대를 통찰할 수 있었으므로 최하림 시인은 우리들에게 중요한 의미를 지니는 시인이다. 그는 행동하는 시인이 아니며 시적 당위와 실천이 중요하다고 생각하지 않는 사유하는 시인이다. 그의 사유는 깊고 명징하여 시대의 저 밑바닥을 꿰뚫어보며 역사의 흐름

을 올바르게 파악하고 예견하는 혜안이 빛난다. 그는 광주의 죽음과 매장의 역사적 현장을 비껴 있었다는 죄의식에 시달리다 병을 얻고 오랜 동안 병마와 싸운다. 투병 생활은 길고 처절했으며 정신적 내출혈의 고통을 용케도 감내하며 회복기를 맞게 된다. 그의 많지 않은 시집『우리들을 위하여』(1976.창비),『작은 마을에서』(1982.문지),『겨울 깊은 물소리』(1986.열음)『속이 보이는 심연으로』(1991.문지) 중에서『속이 보이는 심연으로』가 투병과 회복기의 시집이다. 광주의 민주화 투쟁을 노래한 많은 시편 속에서 오래도록 인구에 회자될 절창「죽은 자들이여, 너희는 어디에 있는가」가 수록된 시집이 이 시집이며 자연에로의 귀의의 모습이 보이는 것도 이 시집이다. 그후 자연은 그의 중요한 소재이며 시적 모티브를 이룬다.

이제 최하림 시인은『속이 보이는 심연으로』이후 7년만에『굴참나무숲에서 아이들이 온다』로, 순수존재로 우리들에게 다시 왔다. 그는 염결성과 엄격성의 시인으로 절제와 균제의 아름다움을 보여온 시인이다. 그리하여 고통과 환희, 절망과 희망, 사랑과 배반의 격한 감정까지도 단아한 언어로 앉혀 그의 목소리는 언제나 따뜻하고 부드러웠다. 그러나 그의 따뜻함은 서늘한 반성을, 부드러움은 바늘끝 같은 통증을 숨기고 있다. 그의 시가 고통스러운 것은 이 때문이다.

최하림 시인의 이번 시집 『굴참나무숲에서 아이들이 온다』의 키워드는 〈고요〉와 〈시간〉과 〈말〉과 〈아이들〉이다. 그의 시가 깊어지고 있다고 느끼는 순간 나는 그의 깊어진 시간의 강에 소리없이 휩쓸려 떠내려간다. 〈고요〉와 〈시간〉은 순간과 영원을 아우르며 소멸의 무한공간을 향한다. 〈말〉은 그의 모든 것을 존재하게 하는 비의로 처연한 〈고요〉가 말로 시작되며 영원히 고통스런 〈시간〉이 말로 흐르고 닫히며 생명력의 징표인 〈아이들〉이 말로 태어난다. 출현 빈도가 비교적 적은 〈아이들〉은 그러나 최하림 시의 출구이며 순수존재이다. 그의 시에서 〈고요〉와 〈시간〉과 〈말〉과 〈아이들〉은 자신의 은유이며 이미지이며 우주이다.

1. 처연한 고요의 세계

최하림의 시를 떨림 없이 읽기란 불가능하다. 그의 시는 미동도 하지 않는 고요로부터 오지만 고요는 오래지 않아 작은 떨림을 수반한다. 그 떨림은 심상치 않아 손끝에서 시작하여 온몸으로 격렬하게 전도되고 드디어 영혼까지 떨게 한다. 그가 밤에 고요히 어둠을 보고 있을 때 그리하여 '어둠이여' 라고 탄식하며 부를 때 나는 어둠을 응시하고 있는 현자의 모습인 시인의 고요로움으로 전률한다.

많은 길을 걸어 고향집 마루에 오른다

귀에 익은 어머님 말씀은 들리지 않고

공기는 썰렁하고 뒤꼍에서는 치운 바람이 돈다

나는 마루에 벌렁 드러눕는다 이내 그런

내가 눈물겨워진다 종내는 이렇게 홀로

누울 수밖에 없다는 말 때문이

아니라 마룻바닥에 감도는 처연한 고요

때문이다 마침내 나는 고요에 이르렀구나

한 달도 나무도 오늘 내 고요를

결코 풀어주지는 못하리

—「집으로 가는 길」 전문

늙어 홀로 돌아온 고향집은 수많은 혼돈과 우회의 길 끝에 유년의 기억을 고스란히 살려 놓고 있었다. 어리고 가난한 혈

육들이 나란히 앉아 별을 헤던 마루, 나이보다 일찍 철든 누나
와 어머니의 갈등의 눈빛이 마주치던 마루는 풍상에 낡아가며
시인의 유년을 간직하고 있었다. 마루는 유년이었으므로 당연
히 어머니의 정겨운 음성이 살아 있어야 했다. 그러나 오래전
에 세상을 뜨신 어머니는, 그 슬픈 가족사는 그곳에 살아 있지
않았다.

시인은 가족사가 사라진 유년의 마루에 벌렁 눕는다. 시인
은 그러는 자신이 눈물겹다. 늙어 홀로 돌아와 눕는 고향집 마
룻바닥에 감도는 처연한 고요가, 그 쓸쓸한 슬픔이 왈칵 눈물
인 것이다. 끝내 홀로 누울 수밖에 없는 외로움이 눈물겨운 것
이다. 고향을 멀리 떠나 있는 동안 고요 속으로 사라진 가족사
가, 유년의 아리한 기쁨과 슬픔이 서러워 지는 것이다. 〈마침내
나는 고요에 이르렀구나〉에 이르면 나는 꿀꺽 울음을 삼키게
된다. 가슴을 치고 나가는 맵차고 쓰라린 아픔이 오래도록 통
증으로 남는다. 달도 나무도 풀어줄 수 없는 처연한 고요가 유
년의 공간을 채우고 마침내 늙은 몸을 채우고 있었던 것이다.

　　밤에는 고요히 어둠이 온다
　　나는 더듬거리며 '어둠이여' 라고 부른다
　　어둠이 이불처럼 감싸고 잠들 준비를 하게 한다
　　　　　　─「밤에는 고요히 어둠을 본다」 일부 ①

………나무가 자라는 집은

더욱 깊은 파동으로 들어가 움쭉도

않았습니다 해질 무렵 예의 남자가 잠시

나타나 뒷걸음치듯 주춤거렸지만 그것도

잠시, 남자는 잡목숲으로 사라지고, 시간이

열렸다가 닫히고 나무가 자라는 집은

깊은 적막으로 빠져들어갔습니다

—「나무가 자라는 집」 일부 ②

구천동은 어둠이다 구천동은 침묵이다 구천동은

죽음이다 구천동은 물이다

—「구천동 詩論」 일부 ③

바람이 별로 없건만

두륜산 속 길에는 가랑잎이

뚝뚝 떨어져내려 길을 덮는다

고요도 이 시간에는 멈추지 않고

흘러 두더지처럼 흙을 갈고 다닌다

—「나는 꿈꾸려고 한다」 일부④

①~④의 시행에서 보이는 고요 또한 위의 「집으로 가는 길」

의 고요와 다르지 않다. 최하림 시인의 고요는 머물러 있는 공간의 고요가 아니라 시간이라는 지향성 위의 고요이다. 그러므로 그의 고요는 움직이는 고요이다. 고요가 어디를 향해 움직여가는 지는 자명하다. 고통스런 시간의 끝이며 생의 돌이킬 수 없는 불랙홀일 것이다. 최하림 시인이 자연속에 강물처럼 흐르고 있는 고요를 읽으며 삶의 실존적 순수존재로서의 자아를 들여다보고 있는 모습이 쓸쓸하고 눈물겹다.

2. 시간, 그 영원한 고통의 세계

최하림 시인의 시는 시간의 생성과 소멸 위에 존재한다. 예컨대 그가 〈나는 이땅에서 무엇을 했던가. 당신을 사랑하고, 당신을 저주하고, 당신을 그리워하고, 그리움의 감정 만큼 무엇을 가지려 꿈꾸는 사이에 시간은 지나가고, 나는 어느 낯선, 그러나 예측 할 수 있었던 주막집에서, 그집의 툇마루에서, 한 컵의 물을 마시고, 얼마남지 않은 시간들을 요량하며, 그 시간들에 기대어, 그 시간들이 빛이고 입자임을 꿈꾸면서, 꿈의 시간 속으로 간다.〉고 말할 때도 생성과 소멸의 이미지는 함께 한다. 최하림 시인에게 있어 시간은 모든 것의 처음이고 끝이며 생명이고 죽음 이어서 시간은 그의 모든 시에 개입한다. 때로는 환희의 빛으로, 때로는 절망의 흑암으로 그를 덮고 있는 시간은

도대체 시인에게 무엇이라는 말인가.

오늘도 풀잎들이 수런거리는 소리와

윙윙거리는 벌떼소리, 들짐승들이 달려가는

소리를, 땅이 가쁘게 숨쉬는 소리와 함께 듣는다

들판 가득 울리는 그것들에 나는 종일 귀기울이고

있다 엷고 촘촘한 네 그림자를 떠올리면서,

…… 중략 ……

…… 변하지 않은 것은 봄밖에 없었다

거기서는 참새도 굴뚝새도 그림자를 드리웠으며

청둥오리들도 물결처럼 스쳐갔다 봄을 내려다보며

앞서거니 뒤서거니 위치를 바꾸는 청둥오리들도

있었다 우리가 살아가면서 잠시 꿈꾸거나 쉬일 때

뒤쳐졌던 사람들이 앞서가는 것과 같았다

(이제 나는 무엇을 할 것인가,

새끼들이 성장하여 다음해

들을 찾을 때에도 우리는

아버지가 그랬던 것처럼

밭고랑 깊이 쇠스랑을

박을 수 있을 것인가)

새들이 돌아오는 전설의 고향처럼

오늘도 여전히 햇살은 꿈꾸며 내리고,

들풀은 무성하고, 묘지와 길들이 언덕으로

뻗어나가 예감의 도시를 세운다 나는 이제

우화등선처럼 비상을 꿈꿀 수 없다

—「시간은 영원히 고통스럽다」 부분

　최하림 시인은 〈시간이 두렵다, 죽음의 통로이기 때문만도 아니다. 내가 시간을 두려워 하는 것은 그 파괴와 혹은 생성에 내가 적극적이고 지속적으로 도저히 대응 할 수 없는데 있다.〉고 고백한 바 있으려니와 이 시는 시간의 날이 스쳐가고 난 후 모든 것이 무의미해지는 시간의 무자비한 폭력성과 그 앞에 무기력할 수밖에 없는 생의 일회성을 끔직한 풍경으로 보여준다. 생명의 소리들로 가득한 봄은 청둥오리를 부르고 보낸다. 봄을 떠나가는 청둥오리들은 서로의 위치를 바꾸기도 하며 극락강의 아름다운 추억을 내려다보기도 한다. 필경 봄은 꽃을 부르고 꽃을 보냈을 것이다. 다시 돌아올 수 있는 것들은 언제나 다시 떠날 수 있는 것들이다. 변하지 않은 것은 봄밖에 없다고 시인은 탄식한다. 계절의 순환만이 이땅을 영원하게 할 것이다. 봄이 변하지 않는 것은 그 순환성이다. 순환하는 계절의 영원성에 비추면 굴뚝새와 청둥오리의 그림자는 얼마나 찰라적이며 무의미한가를 생각하게 한다. 하늘 높이 올라 봄을 내려다

보며 앞서거니 뒤서거니 날아가는 청둥오리는, 높은 이상을 추구하며 살아가는 우리들의 모습에 다름 아니겠지만 하늘 위의 성취라는 것이 얼마나 덧없는 것인가를 깨닫게 한다. 봄의 들판에 경작의 쇠스랑을 박았던 아버지를, 자식들이 따라준다고 해도 순환하는 시간의 영원성 위에 일회적일 수밖에 없는 생을 위해 시인이 할 수 있는 일은 아무 것도 없는 것이다. 인간의 욕망의 징표인 묘지와 길들이 인간의 또 다른 욕망에 의해 결국 소멸의 운명으로 태어날 예감의 도시를 세우지만 시간의 철저한 파괴의 무의미한 흐름 위에서 무슨 꿈인들 꿀 수 있겠는가. 시간은 무거운 침묵으로 죽음과 같은 무게를 지니고 시인을 떨게 하고 있지 않은가. 시간의 참혹함이 가슴을 저민다.

3. 시인의 성채인 말들

말이란 무엇인가. 무한 질료이며 현상이며 역사이며 도취이며 생명체가 아니던가. 모든 말은 비밀스런 뇌관을 숨기고 있어 건드리기만 하면 이미지로 폭발하여 독자들을 꿈꾸게 한다. 이 말을 두고 최하림 시인은 〈어떤 때는 느낌이 되고, 느낌을 거느린 뜻이 되는 말은, 우리가 부르지 않을 때 어디에 무엇으로 있는가. 우리가 부름으로써 말이 되고, 말로써 존재하고, 말로써 일어나 여기 저기를 어슬렁어슬렁 걸어 다니는 말의 본체는 무엇인가.〉라고 묻는다. 그는 말을 창조하고 순환시키며 공동체와 그가 창조한 말들을 공유한다. 그는 말을 부르되 부리지 않고 말에 헌신한다. 말은 그에게 가서 비로소 말의 본성을 되돌려받으며 위대한 자리에 오른다.

우리가 당신의 성채인 것처럼

우리의 성채인 말들을 위하여 기도해주소서

말들은 오래전에 집을 나가 객지로 떠돌고

있습니다 딱딱한 침상도 그를 위해서는

마련되지 않았습니다 삼류 여인숙에서는 등을

돌리고 누울 시간도 없습니다

…… 중략 ……

등뼈가 휘도록 추운 길로 여인들이 가고

있습니다 붉은 소방차가 가고 있습니다

꽁꽁 언 말들을 위해 기도해주소서

우리가 당신의 성채이듯이

말들은 우리 성채입니다

—「우리가 당신의 성채인 것처럼」 부분

이 시대의 말들은 궁핍하다. 말이 신뢰를 잃은지 오래되었고 말에 대한 믿음이 사라지고나서 억지 믿음을 위한 다변의 시대가 되었다. 말에 대한 헌신이 아니라 말에 대한 학대이며 말에 대한 봉사가 아니라 말에 대한 횡포로 우리는 말을 파괴했다. 말이 병들면 사회가 병들고 역사가 병들게 마련이다. 우리는 병든 말을 위해 따사롭고 깨끗한 병실 하나 마련하지 못했다. 집을 나가 유리걸식으로 떠도는 말이 그의 거처인 성채로 돌아가게 해야 한다. 등뼈가 휘도록 추운 길을 가고 있는 여인들은 요설해진 말에 다름 아니다. 느닷없어 보이는 붉은 소방차가 여인들이 가고 있는 다변의 길을 함께 달려가고 있다. 언 도로 위의 소방차의 질주는 뇌관을 건드려 폭발하는 말의 진화를 위해서이지만 헐벗은 말의 녹슨 뇌관은 터지지 않을 것이다. 우리의 말이 성채에 들어 말의 원시적 기능을 회복할 때까지, 그리하여 말에 대한 믿음이 다시 살아날 때까지 녹슨 뇌관은 묵묵할 것이다. 다만 최하림 시인의 말이 붉은 뇌관을 충혈된채 드러내놓고 독자를 기다리고 있을 뿐이다.

4. 숲에서 오는 아이들의 환희

최하림 시인은 영원히 침묵하는 시간의 소멸성 위에서 홀연히 한 광휘로움을 만난다. 그것이 순수존재로서의 〈아이들〉이다. 〈아이들〉은 시간의 초월 위에 존재하며 소멸 후에 피어나는 꽃이다. 그가 어둠의 심연에서 본 꽃은 절망 속에서 핀 절망

의 꽃이었을 것이다. 절망의 꽃은 시인의 영혼을 가녀리게 흔
들기 시작했을 것이다. 영혼을 흔들기 시작한 꽃은 이미 희망
의 꽃이었다. 꽃은 〈아이들〉이다. 〈아이들〉은 영원히 변하지 않
는 봄이며 믿음을 회복한 〈말〉이다. 이제 〈아이들〉은 최하림 시
의 출구이며 희망이다.

그때쯤이면 아이들도 산란한 꿈에서

깨어나 자전거의 페달을 밟고 검은 숲 위로

오른다 볼이 붉은 막내까지도 큼큼큼

기침을 하며 이파리들이 쏟아지듯 빛을

토하는 잡목숲 옆구리를 빠져나가

공중으로 오른다 나무들이 일제히

손을 벌리고 아이들이 일제히

손을 벌리고 아이들은 용케도 피해간다

아이들의 길과 영토는 하늘에 있다

그곳에서는 새들과 무리지어 비행할

수가 있다 그들은 종다리처럼 혹은

꽁지 붉은 비둘기처럼 이 가지에서

저 가지로 포르릉포르릉 날며 흘러

내리는 햇빛을 굴참나무처럼 느낄 수 있다

—「아침詩」일부

〈아이들〉이 자전거 페달을 밟아 검은 숲으로 오르는 몽상은 우리들을 즐겁게 한다. 나무들이 일제히 손을 벌리고 있는 굴참나무숲을 빠져나가면 그곳에 새들과 함께 비행할 수 있는 파란 하늘이 꿈처럼 펼쳐진다. 〈아이들〉이 꿈을 펼칠 미래의 찬란한 영토가 그곳에 광활하게 펼쳐지는 것이다. 〈아이들〉은 자전거 페달을 더 힘껏 밟아 창공을 난다. 새들이 함께 난다. 〈아이들〉은 이미 새이다. 새들과의 비행을 마치면 〈아이들〉은 지친 날개를 접고 굴참나무가지를 포르릉포르릉 날아다니며 온몸으로 투명한 햇빛을 받는다. 이 시는 「아침 유대」의 〈아이들〉과 이미지가 겹친다. 〈숲속에서 아이들이 온다/아이들은 이 나무에서/저 나무로 포르릉포르릉/날며 이른 아침 들판으로/햇빛을 몰고 온다〉 나무가지를 포르릉포르릉 날아 다니는 〈아이들〉은 아침이라는 시간적인 배경이 겹치고 〈아이들〉이 나는 모습이 겹친다. 〈아이들〉은 아침 햇살을 몰고 오며 나무가지를 휘어 공중에 무지개를 뿌리며 세상 온갖 것을 기웃거리며 호기심을 드러낸다. 「아침시」의 〈아이들〉이 아침 햇빛을 받아 하늘로 뻗어오르는 굴참나무의 현신이라면 「아침 유대」의 〈아이들〉은 혈육 간의 짙은 사랑의 현신이라는 점이다. 그러나 이 두 〈아이들〉은 아침 햇살처럼 눈부시고 찬란하게 최하림 시세계를 비춘다. 순수존재로서의 〈아이들〉이 몰고 오는 그 빛은 독자들의 가슴을 밝혀주는 빛이기도 한다.

최하림 시인이 더 조용하고 더 깊어지고 있다. 그의 사유가 투명한 결정의 순간을 향해서 가고 있는 것이다. 그의 사유가 머무는 사물마다 다른 빛으로 환해지는 새로운 탄생과 생성의 순간을 나는 숨죽이고 기다리게 된다. 모든 상처를 응시하며 상처의 아픈 기억들을 고요로 승화시키고 있는 최하림 시인의 〈시간〉과 〈말〉이 가고 있는 저 조용하고 뜨거운 길을, 그 길을 내리비추는 환한 빛을 나는 사랑한다.

나는 바우덕이의 기둥서방이었나니

나는 십년째 「바우덕이」와 열애하고 있다. 그녀는 나를 쉬이 놓아줄 것 같지 않다. 장시 「바우덕이」는 『현대시학』에 1년 가까이 연재하면서 찬사와 질책을 함께 들었던 나의 졸작이다. 나는 「바우덕이」에 대한 남다른 애착을 지니고 있다.

「바우덕이」는 운명처럼 내게 왔으며 장시로 태어나 세상과 뒤섞였다. 나는 「바우덕이」를 동네 독서실에서 썼다. 거의 매일 고등학교 학생들과 함께 독서실을 드나든 꼴이 되었지만 야속하게도 독서실의 내 자리에 앉아야 바우덕이가 오는 것이다. 영적인 들림이라고 말해야 될 것 같은 상황은 일년 내내 계속되었던 것이다.

집필은 순조롭지 않았다. 바우덕이의 기록은 안성군지에 단한줄로 나와 있을 뿐, 천민중의 천민인 사당패의 이야기를 실명으로 기록한 문서는 없었다. 나는 바우덕이를 창조해갈 수밖에 없었으며 열세 살 어린 나이에 줄타기광대를 시작하는 것으로 설정했다. 그녀는 줄광대로 시작했지만 만능 연희자여서 남사당패의 모든 연희를 소화할 수 있었다. 빼어난 미색과 기예로 삼남의 뭇남정네의 혼을 빼앗은 그녀는 많은 사내들의 품을 전전하다 마침내 창병에 걸려 스물 아홉 꽃잎 이운 나이에 그녀의 마지막 기둥서방 품에서 세상을 떠나는 것으로 대미를 장식했다.

바우덕이의 일생이 기구해서 나는 취재하면서 울고 쓰면서 울었다. 쓰는 동안 자주 찾은 곳은 안성 청룡사와 그 부근에 있는 불당골이었다. 청룡사는 남사당패의 근거지여서 연희의 무대가 되기도 하고 패거리의 행중을 준비하는 장소가 되기도 했지만 불당골은 패거리들이 연희를 나갈 수 없는 겨울철, 이곳에 움집을 짓고 허기진 계절을 나던 곳이어서 그곳을 찾는 발걸음이 온통 울음이었던 것이다.

바우덕이의 묘소는 원래 청룡호에서 흘러나오는 개울가에 있었는데 연재를 시작하면서 당시 안성군수로 있던 조성헌 형에게 잡지를 보낸 것이 계기가 되어 서운면장에 의해 산자락으로 옮겨지면서 봉분과 비석을 세웠다. 몰라도 너무 모르는 소치였다. 사당패나 남사당패나 죽으면 천장을 지내 장마나 홍수

에 떠내려가게 했던 것이다. 한 많은 세상 한 많게 살아왔으므로 이 세상에 살아 있었다는 흔적을 남기지 않는 사람들이었던 것인데 바우덕이가 그만 지나친 호사를 누리게 된 것이다. 묘비 제막식에 초청을 받고도 가지 않은 것은 이러한 이유 때문이었다.

「바우덕이」는 아홉 마당으로 이루어졌으며 마당마다 세 절씩을 배치했다. 첫째 마당은 〈돌무덤에 핀 이끼꽃〉으로 천년을 사는 이끼를 바우덕이의 상징으로 삼았다.

구비구비 눈물이던 차령산맥
겹겹의 산자락 햇살 들면
상서로운 기운으로
솟아오르는 서운산 영봉
아래 칠현산 덕성산 도덕산

그 아래 비봉산 쌍룡산 구봉산
산봉우리 그윽한 땅

내혜홀이라 했다던가
백성이라 했다던가
하염없는 떠돌이의 땅

한천 청룡천 물길 틔워
안성천 이루고
칠장천 개좌천 물길 틔워
금강 이루고
청한천 죽산천 물길 틔워
남한강 이루었나니
그 땅은 물길조차 엇갈리던 임의 땅

삼남 꺾진 남정네들 넘나들던
안성뜰 풍요로운 햇살 위에
바람도 단바람 흐드러지는데
사당가슴 피울음으로 서던
솔바람소리
엽전재 솔바람 소리

이녁의 귓가 쟁쟁한
상쇠가락으로 떠
스물 아홉 꽃잎 이운 나이

안성 청룡사 불당골 돌무지길
맨발로 절룩이던
임의 가슴길 저승길
늦은 만가로 흐느끼나니

청룡천 급한 물소리에 누워 한 백년
누구도 임 일으켜 세우지 않고
누구도 임의 돌무덤에 핀 이끼꽃
꺾을 수 없나니

삼남의 꺽진 남정네들
하마 임을 잊었으리
— 「첫째마당, 돌무덤에 핀 이끼꽃 중 첫절 늦은 만가」 전문

「바우덕이」는 그녀가 죽는 장면으로 대미를 장식한다. 문제
는 이 대목에서 발생했다. 청룡사 주지를 지냈던 원경스님이
지금의 청룡호가 한말에는 없었으며 그 후에 축조된 것으로 바

우덕이 무덤은 호수에 잠겼다는 것이다. 호수에 잠겨 있는 바우덕이라면 더 극적이기는 한데 이를 증빙할 자료가 없어 고민이었다. 나는 후일 이 대목을 다시 쓰기로 하고 우선은 그녀가 마지막 기둥서방 이경화의 품에서 한 많던 세상을 마치는 것으로 설정하고 말았던 것이다.

가을비 추적추적 서운산 계곡 적시고
행중 하나 둘 불당골 떠나
빈 골짜구니 가끔
큰 스님 성근 짚신발
물소리 밟고 오를 뿐

삶과 죽음 그 지척의 거리
한자락씩 걸치고 보름도 넘게
생혈 쏟는 바우덕이
피비린내 자우룩한 토방에 누워
종잇장같은 입술 사이
생각 난듯 숨을 토하더니
물끄러미 올려다보는 곰뱅이쇠

곰뱅이쇠님

잠시 자리를……
곰뱅이쇠 거적문 들치고 나와
밤하늘 수많은 별들 속에
스스로를 섞는구나

바우덕이 힘겹게 일어나
헝클어진 머리 곱게 빗고
화사한 분단장
반회장치마저고리 날아갈듯
맵시 있게 차려입고
열 세 살 기막힌 해우채
은전 한 닢 깊숙히 꺼내 들어
파리한 손으로 감싸쥐면
바람벽 주르르 흐르는 피눈물

곰뱅이쇠 가슴 기댄 바우덕이
명줄 혼줄 잡아채며
가까스로 정신들면 흘러나오는
사당가

한산 세모시로…… 잔주름 곱게곱게……

이 내 손은 문고린가…… 이놈도 잡고……
이 내 입은…… 술잔인가……

수없이 잦아들고 끊기는 노랫가락
생혈 묻어 흐르는구나

어느 순간 곰뱅이쇠 잡고 있는 작고 마른손
부르르 떨며 핏발선 눈 크게 뜨는 바우덕이

서방…님!
열…세살…첫 해우…채…
은…전…한닢 목숨…처럼…아껴…
세…모시….한…벌…정갈하게…
지어 입고… 고향…처…자식…훠
이…훠…이…찾아가……

곰뱅이쇠 잡았던 손 툭 떨어지고
흙바닥 굴러내려 딩구는 은전 한닢

은전 위에 열 세 살 순결 빛나고
은전 위에 스물아홉 혼백 빛나고

은전 위에 떠돌이의 아득한 길 빛나고

은전 위에 동학접사 애비 효수된 봉두난발 빛나고

은전 위에 족두리하님 에미 뒷목덜미 솟아오른 칼날 빛나
고

은전 위에 어름산이 독한 사설 빛나고

은전 위에 풍물가락 뜬쇠 상쇠 쇳소리 빛나고

은전 위에 부서지는 달빛

은전 위에 부서지는 물소리

은전 위에 부서지는 사당가

사흘 밤 낮

시신 안고 오열하는 곰뱅이쇠

거적문 밖 가끔 큰 스님 발소리

머물다 멀어지고

사흘 밤낮

나무도 울고 숲도 울고

쇠도 울고 북도 울고

사흘 밤낮

떠돌이 사당 바우덕이 밟고 건넌
길도 울고 강도 울고
서러워 서러워
청룡천 물소리 바위 틈 청솔 숲 맴도네

살아서는 밟아보지 못한 금단의 땅
양반 마을 청룡말 고샅길 거적옷 입고
마지막 기둥서방 지게에 실려
황천길 재촉하는 바우덕이

청룡천 물길 따라 내려오면
서운산 험한 고개 넘어
천것들의 사당길과 만나는 물목
돌무덤 하나 세웠나니
스물아홉 떠돌이의
혼백 머물 집 한 칸 세웠나니

빼앗긴 길 위에
주름 깊은 얼굴 묻고
불거진 어깨 출렁이며
피울음 삼키던 곰뱅이쇠

봉두난발 쥐어뜯으며

억새풀 칼날 가슴

베이며 베이며

돌무덤 떠났나니

그날의 슬픔 계곡을 채워

저 깊푸른 청룡호수로 태어나

물속 고요한 산그림자 아래

돌무덤으로 영원한 바우덕이

푸르른 혼백인 것을

그대 깊은 잠

적요로운 물길인 것을

이 땅 영원한 광대여!

이 땅 영원한 울림이여!

　　　　　—「아홉째마당, 이 땅의 영원한 울림 중 은전 위에

　　　　　　　　　　　　　부서지는 달빛」 전문

「바우덕이」 연재를 마치고 나는 연재를 시작하며 선언적 의미로 썼던 〈시인의 말〉을 뒤돌아 본다.

어느 시대이건 그 시대를 규정짓는 갈등구조가 있다. 이 갈등구조야말로 작게는 한 개인을, 크게는 민족을 앞으로 나아가게 하는 힘이 된다. 그것이 역사이고 삶이며 그 본질인 것이다.

우리들에게 있어 19세기 말엽은 이러한 갈등구조가 가장 극명하게 드러나면서 무수한 개인의 삶이 역사의 흐름속에 훼손당하고 함몰되었던 시대이다. 개인사의 왜곡과 굴절이 심하면 심할수록 그 시대는 질곡과 고통의 시대이다.

안성 청룡사 남사당패를 이끌던 사당 〈바우덕이〉의 부박한 일생을 통해 외세에 능멸 당하는 민족의 아픔과 봉건 지배계급에 저항하는 민초들의 뜨거운 몸짓과 이러한 아픔과 고통을 껴안아 민족정신으로 승화시키는 떠돌이 광대의 예술혼을 노래하고자 한다.

바우덕이 이야기는 안성 지방에 전설처럼 전해 내려온다. 그러므로 「바우덕이」의 서사구조는 시인의 상상력에 의해 복원될 수밖에 없음을 밝혀둔다.

시인의 말은 독자와의 약속이기 이전에 시인 자신과의 약속이며 선언이었다. 이 가당찮은 선언은 지난 일년 동안 나를 가위 눌리게 했으며 깊은 밤 홀로 깨어있게 했다. 내게 있어 바우덕이는 거인이었으며 불가사의였다. 나는 바우덕이에게 씌웠고 나의 서정적 자아는 바우덕이에 머물러 뼈마디 눅신하게 그의 살내에 취해 있었다. 나는 바우덕이의 기둥서방이었다.

사당년 기다림은 천 년이 하루 같다고 했다던가 하루가 천 년 같다고 했다던가. 반푼이 기둥서방 하나 거두지 못하고 가슴저미며 살붙이 뼈붙이로 묻어나는 거사님들 달빛 흐드러진 갈대밭 뜬 길 위로 떠나보내는 만단정회야 가을 강물 같아서 슬프도록 비천하고 슬프도록 당당한 것이 사당이었다.

바우덕이는 한의 응어리었다. 그녀의 한은 질곡을 뚫고 어둠 속에 타오르는 불길이었다. 바우덕이의 한은 정한이고 원한이었다. 정한은 민족정서로의 승화를 꿈꾸게 했으며 원한은 봉건체제에 대한 도전과 억압에 대한 응전의 힘이게 했다.

그녀의 한은 깊고 푸른 비애였다. 비애는 덧나고 덧나 골수에 이르고 드디어 미칠 것 같은, 폭발할 것 같은 지경에 다다르게 된다. 그녀의 민중적 예술혼이 끓어오르기 시작하는 비등점이다. 여기서부터 민중의 한풀이는 시작되는 것이다. 그녀의 한풀이는 용서나 화해나 설원이나 복수의 몸짓이 아니다. 예술혼의 승화이다.

내가 바우덕이를 만난 것은 삼사년 전 아닌가 싶다. 그때 나는 「유랑광대」 연작시를 쓰고 있었는데 (이 연작시들을 묶은 것이 창작과비평사의 『떠돌이의 노래』이다) 유랑광대라면 남사당패와 사당패를 비껴갈 수는 없는 일이어서 안성에 들러 청룡사를 찾게 되었고 바우덕이 이야기를 듣게 된 것 같다. 이땅의 떠돌이 광대의 역사는 깊지만 구한말에 이르러 중국의 경극이 유입되고 서구문물이 들어오면서 점차 소멸되어간다. 떠돌이 광대로는 남사당패와 사당패 말고도 솟대쟁이패, 초란이패, 걸립패, 중매구패, 광대패, 굿중패, 각설이패 등이 있었던 것으로 심우성(『남사당패 연구』, 1989)은 밝히고 있다.

내가 관심을 갖게 된 것은 여사당 바우덕이가 남사당패의 꼭두쇠가 되어 안성 청룡 개다리패를 이끌었다는 대목에 이르러서이다. 바우덕이는 당대의 톱 탤런트였을 것이며 극적인 삶을 살았으리라는 추정이 어렵지 않았다. 나의 상상력을 부추긴 결정적 단서가 되는 대목이었다.

나는 서사적 구조를 세우기 위해 뻔질나게 청룡사를 찾았으며 사당패들의 칩거지었던 불당골 계곡을 올랐다. 이야기의 줄거리를 잡아가면서 나는 수없이 반문했다. 「바우덕이」가 역사적 사실과 대응되는가? 떠돌이 광대들의 집단의식이 표출될 수 있는가? 당대의 암울한 현실이 담길 수 있는가? 이 담론 자체가 사회적 기능을 가지는가? 하는 반문 속에 서사 구조는 서서히 제 몸빛을 드러내게 되었다.

시대적 배경은 1862년 농민 항쟁으로부터 시작하되 나라가 망하자 바우덕이가 피를 토하고 죽었다는 마지막 기둥서방의 전언에 기대어 1910년 한일합방을 넘기며 막을 내리는 것으로 했다.

우리들의 서러운 가족사이며 민중사이기도 한 「바우덕이」의 전편을 흐르는 분위기는 서사시임에도 불구하고 서정성이다. 따라서 나는 이야기 줄거리를 단순화하려고 했고 놀이판의 현장성을 극대화해 보려고 노력했다. 또한 우리 말의 가락과 울림의 아름다움을 살려 쓰려고 애를 썼다. 토속적 기층언어가 지닌 함축미와 호소력, 무속적 토착언어가 지닌 비의적 열기와 한기를 드러내고자 하는 힘겨운 싸움이었다.

나는 사당패와 남사당패의 놀이판을 넘나들며 바우덕이의 빼어난 미색과 신기에 가까운 기예에 넋을 놓고 몸색 바꾸며 신열을 앓았다. 개복청의 맨 앞자리에 서서 바우덕이를 찍어 해우채를 치르고 그녀를 안았다. 그녀의 몸은 불덩이었지만 남정을 향해서 열리지는 않았다.

그녀의 몸이 불덩어리로 달아 있는 것은 저항의 몸짓과 예술혼 때문이었다. 나는 밤마다 바우덕이의 춤사위가 만드는 그림자만을 안은 것이다. 그녀의 저항의 몸짓은 가열했고 애처로웠으며 그 몸짓으로 얻은 것은 아무것도 없었다. 다만 그녀 자신의 저항정신과 투쟁혼이 더욱 뜨거워져 달궈진 쇳물 같았을 뿐이다.

천민 중의 천민, 상것 아래 상것으로 그녀가 역사의 수레바퀴를 밀고 올라가기에는 그녀의 몸은 너무 작았고 그 시대의 물살은 너무 거셌다. 그러나 그녀는 민중의 우상이었으며 한풀

이의 제주였다. 상것들, 눌린 것들, 아랫 것들은 그녀의 저항의 몸짓과 독한 사설을 통해 어둡고 막막한 가슴이 뚫리고 힘이 용솟음치는 삶의 생기를 얻었으리라.

나는 지금도 안성장터를 지나노라면 욕지거리 왁자한 저잣거리의 흥청거림과 흐드러진 인심을 만난다. 저잣거리 저쪽 끝머리 어디쯤 남사당패 놀이판이 열리고 구름처럼 모여드는 상것들을 본다. 풍물소리에 어깨 들먹이고 사당 선소리 간드러져 하초가 뻐근해져온다.

민중의 놀이판이란 그런 것이다. 들림이 있고 열기가 있고 환희가 있다. 나는 이러한 민중예술의 정서와 정취를 담아내는 데 역부족이었다. 담론을 풀어가는데 조급했고 서툴렀으며 바우덕이의 민중사적 의미와 예술적 크기에 가위눌려 버둥거린 꼴이 되었다.

슬픈 추억의 매월여인숙

나 오늘 기필코

저 슬픈 추억의 페이지로 스밀나네

누감은 채 푸르고 깊은 바다

흉어기 가장 중심으로 들어가

왕표연탄 활활 타오르는

새벽이 올 때까지

은빛다방 김양을 뜨겁게 품을러네

작은 창 가득

하얗게 성에가 끼면

웃풍 가장 즐거운 갈피에 맨살 끼우고

내가 낚은 커다란 물고기와

투둘투둘 비늘 털며

긴 밤을 보내리라

— 권선희의 「매월여인숙:구룡포63」 전문

『시경』 2003년 하반기 제3호

「매월연인숙」은 권선희의 연작 〈구룡포〉의 한 작품이다. 이전에 나는 권선희 시인의 작품을 읽어본 기억이 없다. 나는 「매월여인숙」 한편으로 그의 독자가 되기로 했다. 매월여인숙은 구룡포 어디쯤 아니, 동해안 그 많은 포구 어디쯤 소리 없이 낡아 가고 있는, 그리하여 조금은 쓸쓸하고 애잔한 기억을 되살리게 하는 숙박업소일 것이다. 하루 종일 드나드는 사람이 없어 정적조차 홀로 깊어지며 퇴락해가는 시간을 만날 수 있는 허름한 숙박업소 「매월여인숙」은, 풍어기에 만선을 끌고 귀항한 어부들의 거친 발걸음들이 찾아들기도 했었을 것이다. 만선으로 기세등등한 어부들은 완강한 어깨와 어깨들을 부딪치기도 하며 고래고래 소리를 지르기도하며 여인숙으로 찾아들어 뭍에 묻어놓고 떠났던 제 여자들의 허리를 안으며 뜨거운 숨소리를 방조제를 향해 날렸을 것이다. 여인숙은 왁자한 밤은 계속되고 어느 방에서는 호탕한 웃음소리가, 어느 방에서는 교성이, 어느 방에서는 아귀다툼이 끊이지 않았을 것이다.

이제는 그 좋았던 시절은 가고 매월여인숙은 고즈넉하게 낡아가며 방파제를 때리는 파도소리에 아랫도리를 내주고 있는 것이다. 화자의 슬픈 추억은 여기서부터 시작된다. 방파제쯤에서 올려다보이는 매월여인숙은 벼랑에 세워진 위태롭고도 슬픈 추억이다. 삶의 풍어기를 잃어버린 팍팍한 생활이 오늘 우리들의 삶의 모습이며 매월여인숙의 모습일 것이다. 그 모습이 흉어기의 모습이어서 슬프고 우리들의 삶의 모습이어서 슬픈 것이다.

나 오늘 기필코
저 슬픈 추억의 페이지로 스밀라네
눈감은 채 푸르고 깊은 바다
흉어기 가장 중심으로 들어가
목단꽃 붉은 이불을 덮고
왕표연탄 활활 타오르는
새벽이 올 때까지
은빛다방 김양을 뜨겁게 품을라네

흉어기의 팍팍함을 견디며 풍어기를 기다리게 하는 구원의 여신은 은빛다방 김양이다. 은빛다방 김양은 현존하는 실재가 아니라 과거 어부들에게 따스한 품을 열어주었던, 도식적으로 말한다면 도시로 유입된 유민이자 빈민일 것이다. 실재하지 않

으나 현존하는 실재로서의 구원의 여인을 만나기 위해 화자는 눈을 감고 흉어기의 푸르고 깊은 바다로 잠수하는 것이다. 여인은 풍어기의 물고기이며 구원에 대한 확신이다. 흉어기의 깊고 푸른 바다인 매월여인숙에는 수많은 남정네들이 거쳐 간 싸구려 목단꽃 이불도 깔려있을 것이고 방바닥을 뎁히던 왕표연탄도 벌겋게 달아 있을 것이다. 앙칼진 바닷바람은 뱃전을 때리고 방파제를 타고 넘는 파도가 어시장 안까지 밀려들어와 얼어붙는 혹한의 포구는 밤 깊어 모든 불빛들을 떨게 했을 것이다.

> 작은 창 가득
> 하얗게 성에가 끼면
> 웃풍 가장 즐거운 갈피에 맨살 끼우고
> 내가 낚은 커다란 물고기와
> 투둘투둘 비늘 털며
> 긴 밤을 보낼라네

　바다가 보이는 작은 창에 하얗게 성에가 끼는 밤, 화자는 허술한 문틈으로 파고드는 황소바람도 두렵지 않아 알몸으로 깊은 푸른 바다에 투신하는 것이다. 바다에는 풍어의 상징인 은빛다방 김양이 있으므로 그 투신은 목단꽃 붉은 꽃잎이며 활활 타오르는 왕표연탄불이며 희열이며 절정일 것이다.

매월여인숙은 소멸이자 생성이며 절망이자 희망이고 차가
움이자 뜨거움이며, 과거이되 현존하는 과거이고 팍팍한 삶의
모상이자 풍요로운 삶에 대한 기대지평이다.

최울가는 울보가 아니다

2004년 1월 16일 초판 1쇄 인쇄
2004년 1월 30일 초판 1쇄 발행

지은이 | 김윤배
펴낸이 | 孫貞順
펴낸곳 | 도서출판 작가
　　　　서울 서대문구 북아현3동 180-22 (우120-193)
　　　　전화 | 365-8111~2　팩스 | 365-8110
　　　　이메일 | morebook@korea.com　morebook@morebook.co.kr
　　　　홈페이지 | www.morebook.co.kr
　　　　등록번호 | 제13-630호(2000. 2. 9.)

편　집 | 이형선 김이하
디자인 | 오경은
미　술 | 김명해
영　업 | 이경민 설동근
관　리 | 이용승
사　진 | 남종역

ISBN 89-89251-17-6

＊잘못된 책은 구입하신 서점에서 바꾸어 드립니다.
＊지은이와의 협의 하에 인지를 붙이지 않습니다.

값 8,000원